常春藤诗丛

北京大学卷

西渡 臧棣 主编

海子诗选

海子 著　西渡 编

陕西新华出版传媒集团

太白文艺出版社

图书在版编目（CIP）数据

海子诗选 / 海子著. —— 西安：太白文艺出版社，2019.1（2021.11 重印）

（常春藤诗丛. 北京大学卷）

ISBN 978-7-5513-1677-4

Ⅰ. ①海… Ⅱ. ①海… Ⅲ. ①诗集－中国－当代 Ⅳ. ①I227

中国版本图书馆CIP数据核字（2019）第 024695 号

海 子 诗 选

HAIZI SHIXUAN

作　　者	海子
策划编辑	杨萌
责任编辑	姚亚丽
封面设计	尚燕平
出版发行	陕西新华出版传媒集团 太白文艺出版社
经　　销	新华书店
印　　刷	文畅阁印刷有限公司
开　　本	787毫米×1092毫米　1/32
字　　数	82千字
印　　张	7.5
版　　次	2019年1月第1版
印　　次	2021年11月第3次印刷
书　　号	ISBN 978-7-5513-1677-4
定　　价	45.00元

版权所有　翻印必究

如有印装质量问题，可寄出版社印制部调换

联系电话：029-81206800

出版社地址：西安市曲江新区登高路1388号（邮编：710061）

营销中心电话：029-87277748　029-87217872

一座校园的创诗纪
——《常春藤诗丛·北京大学卷》序言

北大是新诗的母校。1918年1月《新青年》4卷1号发表胡适、沈尹默、刘半农白话诗9首，成为新诗的发端。其时，三位作者都是北大教授。从此，北大就与新诗结下了不解之缘。2018年是新诗百年，北京大学出版社出版了洪子诚先生主编的《阳光打在地上——北大当代诗选1978—2018》，收诗人45家、诗389首；四川文艺出版社出版了臧棣、西渡主编的《北大百年新诗》，收北大诗人107家、诗344首。两本诗选的问世，让更多的读者注意到北大诗歌的深厚底蕴和巨大成就。即使不做深入的研究，单从两本诗选也不难看出北大诗歌在中国新诗史上独特而重要的存在。实际上，从初期白话诗到新月派、现代派、中国新诗派，一直到新时期，北大诗人或引领风气，或砥柱中流，几占新诗坛半壁江山。中国的重要高校都曾为诗坛输送过重要诗人，某些高校在某一阶段连续为诗坛输送重要诗人的情况也非孤例，但在长达百年的历史中一直不间断地为诗坛输送重量级的诗人，把自己的名字和新诗历史牢固地焊接在一起的情况，除了北大，还难以找到第二所。

北大的特征向来总是和青春、锐气、自由精神联系在一起。鲁迅曾谓"北大是常为新的，改进的运动的先锋"。然而，北大是"发于前清"的，它的那个前身其实是充满暮气和官气的。从京师大学堂到北大是一次脱胎换骨。这一次的换骨，蔡校长自然厥功甚伟，但在我看来，胡适诸教授创立新诗也功不可没。《北大百年新诗》，我开始是提议叫"创诗纪"的。这个名字也只有这所学校的"诗选"用得。从那以后，胡先生"创诗"的那种勇气、担当和"为新"的精神，在出于那所校园的人们中是常常可见的，也是弥漫在那个看似古老的校园中的一种空气。因为是空气，所以常常会浸润师生的身心，而影响他们的一生。

新时期以来，北大诗歌在队伍和成就上毫不输于此前的任何时期。这个时期北大诗人不仅人数远超前期，在诗歌的题材、内容、意识、技艺上也有重大变化，使新诗得到一次再造。也可以说，新诗在这所校园再次经历了一个"创诗"的过程。骆一禾、海子、西川是这一时期最早得到外界承认的北大诗人。3位诗人的创作有力地改变了新诗70年来的固有面貌，特别是骆一禾、海子的长诗写作所体现的才华、抱负、热情，均为此前所未有，他们富于音乐性的抒情方式增进了人们对现代汉语歌唱性的认识。比骆一禾、海子、西川稍晚开始写作，但同样在20世纪80年代初就写出成名之作的是臧棣。臧棣对诗歌之专注、思考之深入、创作之丰富，在当代诗坛罕有其匹。臧棣擅于以小见大，他以大诗人的才能专注于写短诗，使短诗拥有长诗的气象。戈麦是另一位才华特具的诗人，他以一种分析、浓缩、激情内蕴的抒情方式改变了当代抒情诗的面貌，成为20世纪80年代末90年代初特殊转型时期的代表诗人。这一时期，北大还涌现了清平、麦芒、哑石、西渡、雷格、杨铁军、冷霜、胡续冬、周伟驰、周瓒、雷武铃、席亚兵、王敖、马雁、姜涛、余旸、王璞、徐钺、王东东、范雪、李琬等上百位活跃诗坛的新诗作者，北大诗歌真正进入一个百花齐放的时代。从这些诗人变革新诗的努力中，不难看到胡适教授的精神隐现其中。正是因为有这种精神，新诗并未如一些不怀好意的预言家所预言的"五十年后灰飞烟灭"了，而是在变革中不断生长着，壮大着。这个时期，新诗成了北大校园最醒目的风景，诗人气质也成了北大学子身上突出的标志之一。新诗和北大的关系变得更为紧密。

无须赘述，这个时期的北大诗人与校园外的当代诗歌始终有密切的联系和互动，是整个当代诗歌不可分割的组成部分。同时，北大诗人又没有盲目跟随外界的潮流，体现了一种宝贵的独立品质。这种独立品质最重要的一个体现就是其严肃性。对于北大诗人来讲，诗从来不是一种功利的、沽名钓誉的工具。这种严肃性也使得北大诗人内部同样保持了个性和诗艺的独立。北大尽管诗人辈出，队伍庞大，却未利用这一优势拉山头、搞团伙，以在利益分配上获取额外好处。北大诗人再多，却并没有北大派。实际上，北大诗人一直是诗坛的一股清流，是维护诗坛健康、推动诗歌健康发展的耿介而朴直的一股力量。而这一品质的源头仍可以追溯到胡适初创新诗之时为新诗所确立的崇高文化使命。

本诗丛选入20世纪80年代以来8位北大诗人的诗选，他们是：骆一禾、海子、清平、臧棣、戈麦、西渡、周瓒、周伟驰。为了展示每个诗人的整体成就，我们特邀请诗人精选自己各个时期的代表作品，将诗人几十年创作的精华浓缩于一册。这样的编选方法，也是为了方便读者在有限的篇幅内欣赏到更多优秀的诗作。骆一禾、海子、戈麦3位诗人英年早逝，我们特邀请诗人陈东东担任《骆一禾诗选》的编者，西渡担任《海子诗选》《戈麦诗选》的编者。陈东东是骆一禾的生前好友，也是成就卓著的诗人、诗歌批评家，可谓编选《骆一禾诗选》的不二人选。西渡熟悉海子、戈麦的创作情况，也是编选《海子诗选》《戈麦诗选》的合适人选。

需要特别说明的是，新时期以来北大诗人众多，八人之选实在无法容纳。现在的这个名单虽然是几经权衡确定的，但并不代表其他的诗人在才华和成就上就有所逊色。实际上，一些诗人由于已有类似本诗丛编选体例的选本问世，故此次不再重复收录。另外，我们也希望日后可以为其他北大诗人提供出版机会，进一步展示新时期北大诗人、北大诗歌的实绩。

编者

2018年10月

编者序

在受命策划这套诗丛之初，我也曾犹豫是不是要收海子，毕竟市面上已经有了那么多版本的海子诗选，再增加一本，究竟有多大意义？最终还是决定收海子，不光收海子，也收骆一禾、戈麦。不收这3位已故诗人，在我心理上终究是过不去的，这种心理要求我忠于一种并不亲昵却渊源有自的诗歌友谊。在现实中，我只见过海子一次，而且是单向的——我见到了他，他没见到我；骆一禾也只见过两次，但在我的内心是一直把他们当作最亲近的兄长，并在他们一起拓出的一种诗歌空气中呼吸和写作。正是这种诗歌友谊把一些生活中素不相识，诗歌见解、诗歌抱负也各个不同的诗人凝聚在一个开放的、包容的诗歌共同体之中。北大这座校园，成为这个诗歌共同体的一条纽带，为他们彼此相识提供了机缘。但也仅仅是机缘，在这个诗歌共同体中，还有别一种相连的血缘和基因，为这种诗歌友谊提供了保证。这种"家族相似"的血缘和基因成分当然是多样的，但我在这里愿意指出其中的一个成分，那就是对诗歌的奉献。这个共同体不是以一种"分赃制度"为基础的梁山，而是一座诗歌的帕纳斯山，它要求每个人对缪斯的奉献，却并无必然的酬劳。实际上，北大出身的诗人在从事写作之初、之中和之后，首先考虑的就是如何对诗有所奉献，而从不或很少想着向诗索求回报。这种奉献的气质和精神体现在骆一禾、海子、戈麦3位已故的诗人身上，也体现在那些活着的诗人身上。这就是这个诗歌共同体，在没有结社，没有刊物，没有口号、宣言的情况下，靠一种纯粹的友谊和一种不足为外人道的难以言指的气息，长期得以维持并不断生长的原因。作为这个共同体的一员，我深感幸运。

本书收入海子短诗100首，除了《麦地与诗人》包含《询问》和《答复》两首以外，其他都是单篇作品。海子写过不少组诗，本书限于篇幅，无法完整容纳，只节选了少数优异的单篇。其中，《母亲的姻缘》选自组诗《燕子和蛇》，《云》《雪》选自组诗《给母亲》，《失恋之夜》选自组诗《九盏灯》。本书收入的《但愿长醉不愿醒》《白蛇传》两首，在西川编的《海子诗全编》《海子诗全集》中均失收，前者根据韦予编《〈启明星〉作品选

1980—1990》收入，后者根据《诗神》1987年第9期发表稿收入。海子生前公开出版和在民间刊物发表的诗作不少，这些发表稿和《海子诗全编》《海子诗全集》比，存在不少异文，有的可作为校正"全编""全集"和其他版本编校错误的依据。本书以《海子诗全编》为底本，遇有异文，则择善而从，并注明相关异文情况，同时改正了一些流行版本的编校错误。对发表情况也在注释中做了说明。我所用的版本中包括自己学生时代的一个手抄本。这个手抄本的来源有三：一是收入海翁（臧棣）编的《未名湖诗选集1980—1985》（1986年）中的海子诗作；二是1986年—1989年期间海子发表在北大中文系学生刊物《启明星》上的诗作；三是海子、西川的诗合集《麦地之瓮》（1986年）中的诗作。这些稿本与其他刊物的发表稿、《海子诗全编》所收有不少差异，不少地方胜于"全编"，故其异文不但有文学价值，也具有一定文献价值。收入《未名湖诗选集1980—1985》的诗作，我即按照该本核对异文情况；发表于《启明星》的作品，能找到原刊的，也按原刊核对了异文。但我手头缺一期发表海子诗作的《启明星》；《麦地之瓮》则遍觅无着。在后面两种情况下，核对异文时，我也参考了我的这个手抄本。谨此说明。

最后交代一下我的选诗标准。因为篇幅所限,本书一律不选长诗,组诗也只节录了前述的少数几篇。短诗主要以诗艺的完整作为取舍标准。海子的长短诗都存在泥沙俱下的现象。对这种现象,读者和研究者的评判可能大相径庭。对于研究者,泥沙俱下的现象作为"研究"对象自有其价值,但作为读者,泥沙俱下终究会让阅读产生"出戏"之感。我把本书的读者对象设定为那些热爱诗歌,希望从诗歌中得到美的享受,感受诗之魅力的普通读者,而不是专业的研究者。为此,我要求入选的诗达到废名称为"完全"的标准,以便读者在一种完全投入的状态下,领受诗歌之光。什么是"完全"呢?用废名的话说,就是"一首新诗要同一个新皮球一样,要处处离球心是半径,处处都可以碰得起来"。这就是"完全",也就是形式和内容的完全的一致、和谐。因此,那些虽有佳句、警句而从全篇看仍有瑕疵的诗都不在本书入选之列。这当然是一个严苛的标准。用这个标准衡量,海子最好的短诗,大抵已尽于此。

西渡

2018 年 12 月

目录

阿尔的太阳	1
亚洲铜	3
海上婚礼	5
活在珍贵的人间	7
主　人	8
熟了麦子	9
你的手	11
北方门前	13
房　屋	15
我请求：雨	17
写给脖子上的菩萨	19
打　钟	22
明天醒来我会在哪一只鞋子里	24
麦　地	27
琴	32
母亲的姻缘	34
得不到你	37
浑　曲	39
自杀者之歌	41
但愿长醉不愿醒	43

给卡夫卡　　　　　　　　45

歌：阳光打在地上　　　　46

鱼　筐　　　　　　　　　48

宇宙猎冰人　　　　　　　50

马（断片）　　　　　　　52

半截的诗　　　　　　　　56

光着头的哥哥噢哥哥　　　57

门关户闭　　　　　　　　59

抱着白虎走过海洋　　　　61

感　动　　　　　　　　　63

歌或哭　　　　　　　　　65

岁　月　　　　　　　　　67

春天（断片）　　　　　　69

海滩上为女士算命　　　　75

我的窗户里埋着一只为你

　祝福的杯子　　　　　　76

爱情诗集　　　　　　　　78

云　　　　　　　　　　　79

雪　　　　　　　　　　　81

失恋之夜　　　　　　　　82

从六月到十月	83
我所能看见的妇女	84
果　园	86
在甜蜜果仓中	88
白蛇传	90
死亡之诗（之二：采摘葵花）	93
七月的大海	95
北斗七星　七座村庄	96
黄金草原	98
怅望祁连（之一）	100
怅望祁连（之二）	102
七月不远	103
敦　煌	106
给萨福	108
梭罗这人有脑子	111
葡萄园之西的话语	117
海子小夜曲	119
谣　曲	121
给B的生日	125
九　月	127
我感到魅惑	128

天　鹅	131
不　幸	133
泪　水	135
给托尔斯泰	137
冬天的雨	139
献　诗	142
美丽白杨树	144
晨雨时光	146
五月的麦地	147
秋	149
日　出	150
生日颂（或生日祝酒词）	151
石头的病　或八七年	160
麦地与诗人	162
幸福的一日	165
重建家园	167
秋日想起春天的痛苦　也想起雷锋	169
秋	171
祖国（或以梦为马）	172
野鸽子	175
眺望北方	177

跳伞塔	179
太阳和野花	182
山楂树	187
绿松石	189
日　记	190
黑翅膀	192
遥远的路程	194
面朝大海，春暖花开	195
最后一夜和第一日的献诗	197
太平洋的献诗	198
黑夜的献诗	200
折　梅	202
黎　明（之二）	204
四姐妹	206
黎　明（之三）	209
月全食	211
春天，十个海子	215
桃花时节	217
献　诗	220

阿尔的太阳[①]
——给我的瘦哥哥

"一切我所向着自然创作的,是栗子,从火中取出来的。啊,那些不信仰太阳的人是背弃了神的人。"[②]

到南方去
到南方去
你的血液里没有情人和春天
没有月亮
面包甚至都不够
朋友更少
只有一群苦痛的孩子,吞噬一切
瘦哥哥凡·高,凡·高啊
从地下强劲喷出的

---

① 阿尔系法国南部一小镇,凡·高在此创作了七八十幅画,这是他的黄金时期——海子自注。此诗曾刊载于山西大学北国诗社《北国》诗刊创刊号,1985年3月。
② 摘自凡·高致其弟泰奥书信——西川注。

火山一样不计后果的

是丝杉和麦田

还是你自己

喷出多余的活命的时间

其实,你的一只眼睛就可以照亮世界

但你还要使用第三只眼,阿尔的太阳

把星空烧成粗糙的河流

把土地烧得旋转

举起黄色的痉挛的手,向日葵

邀请一切火中取栗的人

不要再画基督的橄榄园

要画就画橄榄收获

画强暴的一团火

代替天上的老爷子

洗净生命

红头发的哥哥,喝完苦艾酒

你就开始点这把火吧

烧吧

1984 年 4 月

亚洲铜[1]

亚洲铜,亚洲铜
祖父死在这里,父亲死在这里,我也将死在这里
你是唯一的一块埋人的地方

亚洲铜,亚洲铜
爱怀疑和爱飞翔的是鸟,淹没一切的是海水
你的主人却是青草,住在自己细小的腰上,守住野花的手掌和秘密

亚洲铜,亚洲铜
看见了吗?那两只白鸽子,它是屈原遗落在沙滩上的[2]

---

[1] 发表于《草原》1985年第4期,曾收入四川省东方文化研究会、整体主义研究学会编《现代诗内部交流资料》(1985年春)、臧棣编《未名湖诗选集1980—1985》(1986年)。《未名湖诗选集1980—1985》,以下简称《未名湖诗选集》,不再注出编者和出版信息。

[2] 此行中"它"应作"它们"。原文如此。

白鞋子
让我们——我们和河流一起,穿上它吧

亚洲铜,亚洲铜
击鼓之后,我们把在黑暗中跳舞的心脏叫作月亮
这月亮主要由你构成

1984 年 10 月

海上婚礼[①]

海湾

蓝色的手掌

睡满了沉船和岛屿

一对对桅杆

在风中相爱[②]

或者分开

风吹起你的[③]

头发

一张棕色的小网

撒满我的面颊

[①] 曾收入中国政法大学油印诗集《青铜浮雕·狂欢节·我》（1984年6月）、《未名湖诗选集》，发表于内蒙古《这一代》1985年第5期。

[②] 西川编《海子诗全编》《海子诗全集》此行作"在风上相爱"，据《这一代》《未名湖诗选集》改。

[③] 《未名湖诗选集》此行作"风吹起你的心"。

我一生也不想挣脱

或者如传说那样
我们就是最早的
两个人
住在遥远的阿拉伯山崖后面
苹果园里
蛇和阳光同时落入美丽的小河
你来了
一只绿色的月亮
掉进我年轻的船舱

活在珍贵的人间

活在这珍贵的人间
太阳强烈
水波温柔
一层层白云覆盖着
我
踩在青草上
感到自己是彻底干净的黑土块

活在这珍贵的人间
泥土高溅
扑打面颊
活在这珍贵的人间
人类和植物一样幸福
爱情和雨水一样幸福

1985 年 1 月 12 日

主 人

你在渔市上
寻找下弦月
我在月光下
经过小河流

你在婚礼上
使用红筷子
我在向阳坡
栽下两行竹

你的夜晚
主人美丽
我的白天
客人笨拙

1985 年 1 月

熟了麦子[1]

那一年
兰州一带的新麦
熟了[2]

在水面上
混了三十多年的父亲
回家来[3]

坐着羊皮筏子
回家来了

---

[1] 作为遗作与《麦地与诗人》等一起发表于《人民文学》1989年第6期，题《麦子熟了》。
[2] 《人民文学》此节作"那一年　兰州一带的新麦／熟了"。
[3] 《人民文学》此节作"在回家的路上／在水面上混了三十多年的父亲还家了"。

有人背着粮食
夜里推门进来

油灯下 ①
认清是三叔

老哥俩
一宵无言

只有水烟锅
咕噜咕噜 ②

谁的心思也是
半尺厚的黄土
熟了麦子呀！③

       1985 年 1 月 20 日

---

 ①《人民文学》此行作"灯前"。
 ②《人民文学》无此节。
 ③《人民文学》此节作"半尺厚的黄土／麦子熟了"。

你的手

北方
拉着你的手
手
摘下手套
她们就是两盏小灯

我的肩膀
是两座旧房子
容纳了那么多
甚至容纳过夜晚
你的手
在他上面
把他们照亮

于是有了别后的早上

在晨光中
我端起一碗粥
想起隔山隔水的
北方
有两盏灯

只能远远地抚摸

1985 年 2 月

北方门前 [1]

北方门前

一个小女人

在摇铃

我愿意

愿意像一座宝塔

在夜里悄悄建成

晨光中她突然发现我

---

[1] 曾收入《未名湖诗选集》,贝岭、孟浪编《当代中国诗歌七十五首》(1985年冬)。发表于北京大学中文系学生刊物《启明星》1986年第13期。后收入韦予编《〈启明星〉作品选(1980—1990)》(1990年3月油印,以下简称《〈启明星〉作品选》)。

她眯起眼睛①

她看得我浑身美丽

            1985 年 2 月

---

①《海子诗全编》《海子诗全集》此行作"她眺起眼睛",据《未名湖诗选集》和编者手抄件改。

房　屋[1]

你在早上

碰落的第一滴露水

肯定和你的爱人有关

你在中午饮马

在一枝青丫下稍立片刻

也和她有关

你在暮色中

坐在屋子里，不动[2]

还是与她有关[3]

---

[1] 与《草原上》《给 B 的生日》一起发表于《草原》1987年第8期,总题《诗三首》，总题下有注"沉默在水井上／建了一个家乡"。又与《明天醒来我会在哪一只鞋子里》等一起发表于《十月》1987年第4期，总题《农耕之眼（十二首）》。《未名湖诗选集》《当代中国诗歌七十五首》也收了此诗。

[2]《十月》无行中逗号。

[3]《十月》此行中"还是"作"也是"，下无空行。

你不要不承认

那泥沙相合,那狂风奔走
如巨蚁①
那雨天雨地哭得有情有意
而爱情房屋温情地坐着
遮蔽母亲也遮蔽儿子②

遮蔽你也遮蔽我

1985年

---

①《海子诗全编》《海子诗全集》以上两行(含此行,下注同)为一行,作"巨日消隐,泥沙相合,狂风奔起";《草原》文字相同,行中逗号作顿号。据《未名湖诗选集》《十月》改。
②《未名湖诗选集》此行下无空行。

我请求：雨[1]

我请求熄灭
生铁的光、爱人的光和阳光
我请求下雨
我请求
在夜里死去

我请求在早上
你碰见
埋我的人

岁月的尘埃无边
秋天
我请求：

---

[1] 与《明天醒来我会在哪一只鞋子里》等一起发表于《十月》1987年第4期，总题《农耕之眼（十二首）》。

下一场雨
洗清我的骨头

我的眼睛合上
我请求：
雨
雨是一生过错
雨是悲欢离合

        1985 年 3 月

写给脖子上的菩萨

呼吸,呼吸

我们是装满热气的

两只小瓶

被菩萨放在一起

菩萨是一位很愿意

帮忙的

东方女人

一生只帮你一次

这也足够了

通过她

也通过我自己

双手碰到了你,你的

呼吸

两片抖动的小红帆
含在我的唇间
菩萨知道
菩萨住在竹林里
她什么都知道
知道今晚
知道一切恩情
知道海水是我
洗着你的眉
知道你就在我身上呼吸
呼吸

菩萨愿意
菩萨心里非常愿意
就让我出生

让我长成的身体上

挂着潮湿的你

        1985 年 4 月

打　钟[①]

打钟的声音里皇帝在恋爱
一枝火焰里
皇帝在恋爱

恋爱，印满了红铜兵器的[②]
神秘山谷[③]
又有大鸟扑钟
三丈三尺翅膀
三丈三尺火焰

---

① 曾收入《未名湖诗选集》，唐晓渡、王家新编《中国当代实验诗选》（春风文艺出版社，1987年版）。又与《北斗七星　七座村庄》等共七首诗一起发表于《作家》1989年第7期，总题《海子遗作》。又与《鱼筐》一起发表于《启明星》1989年第19期。

② 《作家》以下两行（含此行，下注同）接排，单作一节，无"又有大鸟扑钟"以下三行。《中国当代实验诗选》《启明星》无"三丈三尺翅膀"以下两行。

③ 《未名湖诗选集》此行作"神秘的山谷"。

打钟的声音里皇帝在恋爱

打钟的黄脸汉子

吐了一口鲜血[①]

打钟,打钟

一只神秘生物

头举黄金王冠

走于大野中央

"我是你爱人

我是你敌人的女儿

我是义军的女首领

对着铜镜

反复梦见火焰"

钟声就是这枝火焰

在众人的包围中

苦心的皇帝在恋爱

1985 年 5 月

[①]《未名湖诗选集》此行作"呕了一口鲜血"。

明天醒来我会在哪一只鞋子里[①]

我想我已经够小心翼翼的
我的脚趾正好十个
我的手指正好十个
我生下来时哭几声
我死去时别人又哭
我不声不响地
带来自己这个包袱
尽管我不喜爱自己
但我还是悄悄打开

我在黄昏时坐在地球上
我这样说并不表明晚上
我就不在地球上　早上同样

[①] 与《房屋》等一起发表于《十月》1987年第4期,总题《农耕之眼(十二首)》。

地球在你屁股下
结结实实
老不死的地球你好

或者我干脆就是树枝
我以前睡在黑暗的壳里
我的脑袋就是我的边疆
就是一颗梨
在我成形之前
我是知冷知热的白花

或者我的脑袋是一只猫
安放在肩膀上
造我的女主人荷月远去
成群的阳光照着大猫小猫
我的呼吸
一直在证明
树叶飘飘

我不能放弃幸福

或相反

我以痛苦为生

埋葬半截

来到村口或山上

我盯住人们死看：

呀，生硬的黄土，人丁兴旺[①]

1985 年 6 月 6 日

---

①《十月》此行中第二个逗号为空格。

麦　地[①]

吃麦子长大的

在月亮下端着大碗

碗内的月亮

和麦子

一样没有声响

和你俩不一样

在歌颂麦地时

我要歌颂月亮

月亮下

连夜种麦的父亲

身上像流动金子

[①] 发表于《星星诗刊》1988年第9期。曾收入《东方金字塔：中国青年诗人十三家》（安徽文艺出版社，1991年版，以下简称《东方金字塔》）。

月亮下

有十二只鸟

飞过麦田

有的衔起一颗麦粒①

有的则迎风起舞,矢口否认②

看麦子时我睡在地里

月亮照我如照一口井

家乡的风

家乡的云

收聚翅膀

睡在我的双肩

麦浪——

天堂的桌子

摆在田野上

一块麦地

---

①《东方金字塔》此行中"衔起"作"含起"。
②《星星诗刊》此行中逗号作省略号。

收割季节

麦浪和月光

洗着快镰刀①

月亮知道我

有时比泥土还要累②

而羞涩的情人

眼前晃动着

麦秸③

我们是麦地的心上人

收麦这天我和仇人

握手言和④

我们一起干完活

---

①《东方金字塔》以上三节（含此节，下注同）作："看麦子时我睡在地里／月亮照我如照一口井／／收割季节／麦浪和月光／磨着快镰刀／／家乡的风／家乡的云／收敛翅膀／睡在我的双肩／麦浪／——天堂的桌子／摆在田野上，／一块麦地。"

②《东方金字塔》此行下空一行。

③《东方金字塔》此行末有句号。

④《东方金字塔》此行末有句号。

合上眼睛，命中注定的一切
此刻我们心满意足地接受①

妻子们兴奋地
不停地用白围裙
擦手②

这时正当月光普照大地
我们各自领着
尼罗河、巴比伦或黄河
的孩子　在河流两岸
在群蜂飞舞的岛屿或平原
洗了手
准备吃饭③

---

①《星星诗刊》《东方金字塔》此行末有句号。
②《星星诗刊》此行末有句号。
③《东方金字塔》以上两节作："妻子们兴奋地／不停用白围裙／擦手。／这时正当月光普照大地。／／我们各自领着／尼罗河、巴比伦或黄河／的孩子／在群鸟飞舞的岛屿或腹地／洗了手／准备吃饭。"

就让我这样把你们包括进来吧①

让我这样说②

月亮并不忧伤

月亮下

一共有两个人

穷人和富人

纽约和耶路撒冷

还有我

我们三个人

一同梦到了城市外面的麦地

白杨树围住的

健康的麦地

健康的麦子

养我性命的麦子！③

1985 年 6 月

---

① 《东方金字塔》此行末无"吧"字。
② 《东方金字塔》此行末有逗号。
③ 《海子诗全编》此行中"麦子"作"妻子"，据《星星诗刊》《东方金字塔》改。《东方金字塔》此行末为句号。

琴 ①

古木头 ②
在操刀的手下
成琴

或者出自兽皮
兽皮本是蓝色雪水的一弦一脉

琴是我的病床
或者是新婚之床

---

①与《诗经之肥鼠》《中医》《河伯》一起发表于上海诗人郁郁执编的民刊《大陆》（1986年出版），总题《我病了》。曾收入《麦地之瓮》。又与《北斗七星 七座村庄》等共七首诗一起发表于《作家》1989年第7期，总题《海子遗作》，本题《我病了》。后收入西渡编《太阳日记——SJM大学生校园诗歌系列：北京大学》（南海出版公司，1991年版，以下简称《太阳日记》），并有注"又题《我病了》"。《海子诗全编》失收，《海子诗全集》收入"补遗"一辑。此据编者手抄件收入。推测作于1985年。
②《大陆》《作家》此行作"古木一株"。

但我没有新娘①

风中少女,像装着水果的篮子
一年一度躺在琴上,生病
一年一度李子打头②
一直平常的我
如今更平常

---

① 《大陆》《作家》此行下多一节,为"一株/就只是一株"。
② 《大陆》《作家》此行无"李子打头"四字。

母亲的姻缘①

一碗泥

一碗水

半截木梳插在地上

母亲的姻缘

真是好姻缘

村庄,村庄

木桶中女婴摇晃

村庄,村庄

母亲的姻缘

真是好姻缘

鱼尾之上

---

① 选自组诗《燕子和蛇》。组诗中《包谷地》一诗首见于《未名湖诗选集》,据此可推整个组诗应当作于1985年。1985年6月海子自印的诗集《如一》未收入此篇,可知此诗应当作于1985年6月或稍后。

灯盏敲门
一团泥巴走进屋来
母亲的姻缘
真是好姻缘

白鱼流过
桃树树根
嘴唇碰破在桃花上
母亲的姻缘
真是好姻缘

秤杆上天空的星星压住
半两土
半两雪
母亲的姻缘
真是好姻缘

她沉在何方
谁也不清楚
村庄中一枚痛苦的小戒指

母亲的姻缘
真是好姻缘

得不到你

得不到你
我用河水做成的妻子
得不到你
我的有弱点的妇女

得不到你
妻子滑动河水
情意泥沙俱下

其余的家庭成员俯伏在锅勺上
得不到你
有弱点的爱情

我们确实被太阳烤焦，秋天内外
我不能再保护自己

我不能再
让爱情随便受伤

得不到你
但我同时又在秋天成亲
歌声四起

1985 年 11 月 11 日

浑　曲 ①

妹呀

竹子胎中的儿子
木头胎中的儿子
就是你满头秀发的新郎

妹呀

晴天的儿子
雨天的儿子
就是滚遍你身体的新娘 ②

---

①与《天鹅》《莫扎特在〈安魂曲〉中说》（即《我所能看见的妇女》）、《大自然》等一起发表于《中国作家》1987年第2期，总题《民歌》，本诗题《妹呀》。又与《明天醒来我会在哪一只鞋子里》等一起发表于《十月》1987年第4期，总题《农耕之眼（十二首）》。
②《中国作家》此行作"就是你常望天空的新郎"。

妹呀

吐出香鱼的嘴唇
航海人花园一样的嘴唇
就是咬住你的嘴唇[①]

---

①《中国作家》此行作"就是你新郎的嘴唇"。

自杀者之歌[①]

伏在下午的水中
窗帘一掀一掀
一两根树枝伸过来
肉体,水面的宝石
是对半分裂的瓶子
瓶里的水不能分裂

伏在一具斧子上
像伏在一具琴上

还有绳索
盘在床底下
林间的太阳砍断你

[①] 发表于《启明星》1987年第15期,后收入《〈启明星〉作品选》。写作日期据《启明星》加。

像砍断南风

你把枪打开,独自走回故乡
你像一只鸽子[1]
倒在猩红的篮子上

1986 年 2 月

---

[1]《海子诗全编》此行无"你"字,据《启明星》改。

但愿长醉不愿醒[1]

床前的鞋子

像黑公鸡叫了一夜

酒仙的手

是鸟粪中的绿宝石

泥巴壶

泥巴壶

中间白色的水噢

我问你

谁清谁浊

---

[1] 与《果园》《自杀者之歌》《在甜蜜果仓中》《我所能看见的妇女》《从六月到十月》《给托尔斯泰》一起发表于《启明星》1987年第15期,总题《鹿王的梦》。后收入《〈启明星〉作品选》。《海子诗全编》《海子诗全集》均失收。后收入荣光启编《那幸福的闪电:海子经典抒情短诗精选》(湖南文艺出版社,2013年版)。此据《〈启明星〉作品选》收入。

把眼睛闭成两根绳索

但愿长醉不复醒
我不要女人帮助
我扁着身子
仿佛在绿色麦田中间我要
生下一位
最纯洁的闺女
仿佛一柄白玉

1986 年 3 月

给卡夫卡
——囚徒核桃的双脚

在冬天放火的囚徒
无疑非常需要温暖
这是亲如母亲的火光
当他被身后的几十根玉米砸倒
在地,这无疑又是
富农的田地

当他想到天空
无疑还是被太阳烧得一干二净
这太阳低下头来,这脚镣明亮
无疑还是自己的双脚,如同核桃
埋在故乡的钢铁里
工程师的钢铁里

1986 年 6 月 16 日

歌：阳光打在地上 ①

阳光打在地上
并不见得
我的胸口在疼
疼又怎样
阳光打在地上

这地上
有人埋过羊骨
有人运过箱子、陶瓶和宝石
有人见过牧猪人，那是长久的漂流之后
阳光打在地上，阳光依然打在地上 ②

---

① 曾收入《麦地之瓮》。发表于《启明星》1986年第13期，后收入《〈启明星〉作品选》。
② 以上两行中的逗号，《启明星》和编者抄件均作句号。

这地上

少女们多得好像

我真有这么多女儿

真的生下过这么多女儿[①]

真的曾经这样幸福

用一根水勺子

用小豆、菠菜、油菜

把她们养大[②]

阳光打在地上

1986 年

[①]《海子诗全编》无此行,据《启明星》和编者抄件补。
[②]《海子诗全编》此行中"她们"误作"它们",据《启明星》改。

鱼　筐[①]

孤独是一只鱼筐
是鱼筐中的泉水
放在泉水中

孤独是泉水中睡着的鹿王
梦见的猎鹿人
就是那用鱼筐提水的人

以及其他的孤独
是柏舟中的两个儿子
和所有女儿，围着桑麻

---

① 与《抱着白虎走过海洋》一起发表于《山西文学》1986年第8期，题《在昌平的孤独》。曾收入《麦地之瓮》。又发表于《启明星》1986年第13期、1989年第19期，后收入《〈启明星〉作品选》，诗题均作《鱼筐》。《海子诗全编》题《在昌平的孤独》。

在爱情中失败

他们像鱼筐中的火苗

沉到水底①

拉到岸上还是一只鱼筐

孤独不可言说②

1986 年

---

① 此节文字《海子诗全编》与《麦地之瓮》《启明星》差异较大,此处据《启明星》选录。《山西文学》《海子诗全编》此节作"以及其他的孤独/是柏木之舟中的两个儿子/和所有女儿,围着诗经桑麻沅湘木叶/在爱情中失败/他们是鱼筐中的火苗/沉到水底"。

②《山西文学》此行作:"孤独哪能言说。"

宇宙猎冰人 ①

宇宙猎冰人的使女过于悲哀,来到河畔
眼眶之内的寂寂蓝色
割破了我的二十五根琴弦

其实猎冰人并不认识自己的宇宙
他让使女们像肉体一样美丽
猎冰人的使女们确实美丽

这时就应该我来解释
这时就应该我来解释
什么叫姐妹

---

① 曾收入《麦地之瓮》,《海子诗全编》失收,《海子诗全集》收入"补遗"一辑,但误把"这时就应该我来解释"前、后拆为两首诗,并以"这时就应该我来解释"作为第二首标题。在海子《诗学:一份提纲》中,"宇宙猎冰人"出现在拟写的《太阳·地狱篇》的标题中。推测作于1986年。

她们是

两头大鱼抱着水,歌曲烫着她们
这时就应该让我来解释什么是歌
一万个夏天我都梦见土地
被我的两朵乳房打湿

马（断片）[1]

0

……而你无知的母亲
还是生下了你
总有一天
你我相遇
而那无知的马受惊的马一跃而起
踏碎了我

1

太阳，吐血的母马

---

[1] 发表于《诗歌报》1986年第48期。曾收入《麦地之瓮》。据编者《麦地之瓮》手抄件，此诗各节编号并不连续，分别为0、3、7、8、11，与标题中的"断片"吻合，或收入《麦地之瓮》时，作者对此诗有删节。

她一头倒在
我身上
我全身起了大火

因此我四肢在空中燃烧,翻腾
碰到一匹匹受伤的马阵亡的马
你还在上面,还在上面
我的沉重的身子却早在下沉
一路碰撞
接着双手摸到的只有更低处的谷子
还有平原的谷仓
你还在上面,在上面,而平原的谷仓坍塌
匆匆把我掩埋

2

燃烧的马,拉着尸体,冲出了大地
所行的路上
大马的头颅

拖着人头
晃动
如几株大麦
挡不住!

3

当另一批白色马群来到
破门而入
倒在你室内的地上
久久昏睡不醒
久久

要知道
她们跑过了许多路
她们——
我诗歌的女儿
就只好破门而入

蒙古的城市噢
青色的城

4

我就是那疯狂的、裸着身子
驮过死去诗人的
马
整座城市被我的创伤照亮
斜插在我身上的无数箭枝
被血浸透
就像火红的玉米

1986 年

半截的诗 [1]

你是我的

半截的诗

半截用心爱着

半截用肉体埋着

你是我的

半截的诗

不许别人更改一个字

---

[1] 曾收入《麦地之瓮》,推测作于1986年。

光着头的哥哥噢哥哥 ①
——给凡·高

一个
光着头
的人
把头
插入红色的
血样的豹子
活豹子

太阳
在腹中翻滚、燃烧
光着头的哥哥噢哥哥
金光闪闪的树
是刀子插在你的肚子上

---

① 曾收入《麦地之瓮》,《海子诗全编》失收,《海子诗全集》收入"补遗"一辑。推测作于 1986 年。

不见流血
你的肚子上
挤满太阳的豹子
像一条滞缓充盈的河

太阳
你的头
头
就是把头
插入这红色的血样的豹腹

门关户闭[1]

门关户闭

诗歌的乞讨人

一只布口袋

装满女儿的三顿剩饭

坐在树底下

洗着几代人的脏袜子

我就是那女儿

农民的女儿

中国农民的女儿

波兰农民的女儿

洗着几代人的袜子

等着冰融雪化

---

[1] 曾收入《麦地之瓮》。

在所有的人中

只有我粗笨

善良只有我①

熟悉这些身边的木头

瓦片和一代代

诚实的婚姻

1986 年

---

① 《海子诗全编》《海子诗全集》此行作"善良的只有我",据编者手抄件改。

抱着白虎走过海洋[1]

倾向于宏伟的母亲
抱着白虎走过海洋

陆地上有堂屋五间
一只病床卧于故乡[2]

倾向于故乡的母亲
抱着白虎走过海洋

扶病而出的儿子们
开门望见了血太阳[3]

---

[1] 与《在昌平的孤独》一起发表于《山西文学》1986年第8期。曾收入《麦地之瓮》。

[2] 编者手抄件此节作"陆地上有你的堂屋五间／一只苍狗卧于故乡"。

[3] 编者手抄件此节作"扶病而出的儿子／开门望见大太阳"。

倾向于太阳的母亲
抱着白虎走过海洋

左边的侍女是生命
右边的侍女是死亡 ①

倾向于死亡的母亲
抱着白虎走过海洋

1986 年

---

① 编者手抄件此节作"左边坐着的是生命／右边坐着的是死亡"。

感　动[①]

早晨是一只花鹿

踩到我额上

世界多么好

山洞里的野花

顺着我的身子

一直烧到天亮

一直烧到洞外

世界多么好

而夜晚，那只花鹿

的主人，早已走入

土地深处，背靠树根

在转移一些

---

① 曾收入《麦地之瓮》。

你根本无法看见的幸福
野花从地下
一直烧到地面

野花烧到你脸上
把你烧伤
世界多么好
早晨是山洞中
一只踩人的花鹿

1986 年

歌或哭 [1]

我把包袱埋在果树下
我是在马厩里歌唱
是在歌唱

木床上病中的亲属
我只为你歌唱
你坐在拖鞋上
像一只白羊默念拖着尾巴的
另一只白羊
你说你孤独
就像很久以前
长星照耀十三个州府
的那种孤独

---

[1] 曾收入《麦地之瓮》，发表于《启明星》1986年第13期，后收入《〈启明星〉作品选》。推测作于1986年。

你在夜里哭着

像一只木头一样哭着

像花色的土散着香气

岁　月[①]

直木头上
雨水已淡

营地的马
摇动尾巴

横拿月亮拨开木叶你走来
我突然想起一具陈旧的
箩筐

如今雨水已淡

[①] 曾收入《麦地之瓮》，推测作于1986年。发表于《启明星》1986年第13期，后收入《〈启明星〉作品选》。《海子诗全编》失收，《海子诗全集》收入"补遗"一辑。后收入荣光启编《那幸福的闪电：海子经典抒情短诗精选》。此据编者手抄件收入。

瓮中未满
千秋,我怎么记得住
已经过去的一千个秋天

春天(断片)[1]

0

一匹跛了多年的
红色小马
躺在我的小篮子里
故乡的晴空万里[2]
故乡的白云片片
故乡的水声汩汩
我的红色小马躺在小篮子里
就像我手心的红果实
听不见窗户下面
生锈的声音

就像一把温暖的果实

---

[1] 曾收入《麦地之瓮》。
[2]《海子诗全编》以下三行均无行中"的"字,据编者手抄件改。

1

我的头随草起伏
如同纸糊的歪灯
我的胳膊是
一条运猫的小船
停在河岸
一条草
看见走过来的
干净的身子
不多

2

远方寂寞的母亲
也只有依靠我这
负伤的身体。母亲
望着猎户消匿的北方
刮断梅花

窗户长久地存满冰块
村子中间
淘井的门前
说话的依旧在轻声说话
林中孤独的父亲①
正对我的弟弟细细讲清：
你去学医
因为你哥哥
那位受伤的猎户
星星在他脸上
映出船样的伤疤

3

两个温暖的水勺子中
住着一对旧情人

---

① 《海子诗全编》此行中"林中"作"树林中"，据编者手抄件改。

4

突然想起旧砖头很暖和
想起河里的石子
磨过森林的古鹿之唇
想起青草上花朵如此美丽如此平庸
背对着短树枝
你只有泪水没有言语

而我[①]
手缠树叶
春天的阳光晒到马尾
马的屁股温暖得像一块天上落下的石头

5

春天是农具所有者的春天

[①] 编者手抄件以下两行为一行,作"而我手缠树叶"。

长花短草
贴河而立

这些都是在诗人的葬礼上
隔水梦见一扇门

诗人家中的丑丫头
嫁在南山上

6

最后的夜雪如孩
手指拨开水
我就在这片乌黑的屋顶上坐下
是不是这片村庄
是不是这个夜晚
有人在头顶扔下
一匹蓝色大马
就把我埋在
这匹蓝色大马里

7

有伤口的季节[①]
拖着尾巴
来到

大家来到
我肉体的外面

1986 年

[①]《海子诗全编》此行作"有伤的季节",据编者手抄件改。

海滩上为女士算命 [1]

你不用算命
命早就在算你
你举着筷子
你坐在碗沿上
你脱下黑色女靴
就盖住城市的尸体
你裹着布匹
仍然是吃米的老鼠
半截泡在沙滩上
太阳或者钞票上彩色的狗
啃你的脚背
你不用算命
命早就在算你

1986 年

---

[1] 曾收入《麦地之瓮》。

我的窗户里埋着一只为你祝福的杯子[1]

那是我最后一次想起的中午
那是我沉下海水的尸体
回忆起的一个普通的中午

记得那个美丽的
穿着花布的人
抱着一扇木门
夜里被雪漂走

梦中的双手
死死捏住火种

---

[1] 曾收入《麦地之瓮》,推测作于1986年。

八条大水中
高喊着爱人

小林神，小林神
你在哪里

爱情诗集[1]

坐在烛台上
我是一只花圈
想着另一只花圈
不知道何时献上
不知道怎样安放

---

[1] 曾收入《麦地之瓮》,推测作于1986年。

云[①]

母亲

老了,垂下白发

母亲你去休息吧

山坡上伏着安静的儿子

就像山腰安静的水

流着天空

我歌唱云朵

雨水的姐妹

美丽的求婚

我知道自己颂扬情侣的诗歌没有了用场

我歌唱云朵

[①] 选自组诗《给母亲》。组诗末注写作时间:1984;1985改;1986再改。

我知道自己终究会幸福
和一切圣洁的人
相聚在天堂

雪[①]

妈妈又坐在家乡的矮凳子上想我
那一只凳子仿佛是我积雪的屋顶

妈妈的屋顶
明天早上
霞光万道
我要看到你
妈妈,妈妈
你面朝谷仓
脚踏黄昏
我知道你日见衰老

[①] 选自组诗《给母亲》。组诗末注写作时间:1984;1985 改;1986 再改。

失恋之夜[①]

我轻轻走过去关上窗户
我的手扶着自己　像清风扶着空空的杯子
我摸黑坐下　询问自己
杯中幸福的阳光如今何在？

我脱下破旧的袜子
想一想明天的天气

我的名字躺在我身边
像我重逢的朋友
我从没有像今夜这样珍惜自己

[①] 选自组诗《九盏灯》，组诗末注写作时间：1985；1986。

从六月到十月[①]

六月积水的妇人,囤积月光的妇人

七月的妇人,贩卖棉花的妇人

八月的树下

洗耳朵的妇人

我听见对面窗户里

九月订婚的妇人

订婚的戒指

像口袋里潮湿的小鸡

十月的妇人则在婚礼上

吹熄盘中的火光,一扇扇漆黑的木门

飘落在草原上

　　　　　　　　　　　1986 年 6 月 19 日

[①] 发表于《启明星》1987 年第 15 期,后收入《〈启明星〉作品选》。

我所能看见的妇女[1]

我所能看见的少女
水中的少女[2]
请在麦地之中
清理好我的骨头
如一束芦花的骨头
把它装在箱子里带回[3]

我所能看见的

---

[1] 与《妹呀》（即《浑曲》）、《天鹅》《大自然》等一起发表于《中国作家》1987年第2期，总题《民歌》。又发表于《启明星》1987年第15期，题《我所能看见的妇女》。又与《明天醒来我会在哪一只鞋子里》等一起发表于《十月》1987年第4期，总题《农耕之眼（十二首）》，题《死亡之诗（之二）》。《海子诗全编》题《莫扎特在〈安魂曲〉中说》。写作日期据《启明星》加。

[2]《中国作家》《海子诗全编》《海子诗全集》以上两行中的"少女"作"妇女"，据编者手抄件和《十月》改。

[3]《中国作家》《十月》此行中"它"作"他"；《中国作家》《海子诗全编》此行中"箱子"作"琴箱"，据编者手抄件改。

洁净的妇女,河流上的妇女①
请把手伸到麦地之中

当我没有希望坐在一束
麦子上回家②
请整理好我那零乱的骨头
放入一个红色的小木柜,带回它③
像带回你们富裕的嫁妆

但是,不要告诉我
扶着木头,正在干草上晾衣的
妈妈④

1986年6月

---

① 《十月》此行中"妇女"作"少女"。《海子诗全编》《海子诗全集》以上两行为三行,作"我所能看见的／洁净的妇女,河流／上的妇女",据编者手抄件改。

② 《海子诗全编》以上两行断句略有差异,作"当我没有希望／坐在一束麦子上回家",据编者手抄件改。

③ 《中国作家》此行作"放入那暗红色的小木柜。带回它"。《十月》此行作"放入一个小木柜。带回它"。《海子诗全编》《海子诗全集》此行作"放入那暗红色的小木柜,带回它",据编者手抄件改。

④ 《中国作家》《海子诗全编》《海子诗全集》无此节,据编者手抄件加入。《十月》此行作:"母亲。"

果　园[1]

鹿的眼

两扇有婴儿啼哭

的窗户　沉积在

有河水的果园中

鹿的角

打下果实

打下果实中

劳动的妇人

体内美如白雪的婴儿

已被果园的火光

烧伤　妇人依然

低坐

比果树

---

[1] 发表于《启明星》1987年第15期，后收入《〈启明星〉作品选》。写作日期据《启明星》加。

比鹿

比夜晚

更低　更沉

比谷地更黑

       1986 年 6 月

在甜蜜果仓中 ①

在甜蜜果仓中 ②
一枚松鼠肉体般甜蜜的雨水
穿越了一大片燕子尾部泡蓝
的羽毛 ③

并且在我的肉体中
停顿了片刻

落到我的床脚

---

① 发表于《山花》1988年第9期，题《肉体》。又发表于《启明星》1987年第15期，后收入《〈启明星〉作品选》。又与《北斗七星 七座村庄》等共七首诗一起发表于《作家》1989年第7期，总题《海子遗作》。《海子诗全编》《海子诗全集》题《肉体（之一）》，据编者手抄件改。

② 《作家》此行中"甜蜜"作"甜蜜的"。

③ 《山花》《作家》《海子诗全编》《海子诗全集》以上两行作"穿越了天空 蓝色／的羽翼"；下有"光芒四射"，单独作一节。此据编者手抄件。

在我手能摸到的地方①
床脚变成甜蜜果园中温暖的树桩②

它们抬起我
在一只飞越山梁的白鸟身上③
我看见了自己
一枚松鼠肉体
般甜蜜的雨水④
在我的肉体中停顿⑤
了片刻

1986 年 6 月

---

①《作家》此行中"我手"作"我的手"。
②《山花》《作家》《海子诗全编》《海子诗全集》此行作"床脚变成果园温暖的树桩",据编者手抄件改。
③《山花》《作家》《海子诗全编》《海子诗全集》此行中"白鸟身上"作"大鸟",据编者手抄件改。
④《作家》此行中的"般"在上一行。
⑤《海子诗全编》《海子诗全集》以下两行单作一节,据编者手抄件改。

白蛇传[①]
——怀念1975年丢失的一卷旧书

1

小白
你住在水中山谷
自办嫁妆　骑着
四只红色小蜡烛
一路走来　鲜血流淌的马！

2

"湖泊涌上我的村庄
小白和小青倚坐我的床上"

[①] 发表于《诗神》1987年第9期，西川编《海子诗全编》《海子诗全集》失收。此据《诗神》发表稿收入。推测作于1986年。

3

你饱含愁怨的水滴
绚丽的水滴
来到人的村庄
田地里　财宝坐满
财宝脱下了四季不变的衣裳
那是水中美丽的白蛇和青蛇
她们深情款款　顺水而下
为报恩来到你家屋顶下

莫名的深情的蛇
你饱含愁怨的水滴
惆怅的水滴
你来到播种稻谷的宋代村庄

4

并不是我渴望人间烟火
并不是渴望田园和感伤

并不是我渴望人类贫穷的家乡
渴望稻谷和思想
我只是为了　莫名的深情
　　　　为了　感恩并报恩
才从水底山谷一路走上
领着比我还美丽的妹妹
来到你家屋顶下

做一位人类的新娘
新娘
你感觉
你坐在篮子里
胳膊抱满鲜花
烛光摇曳
你投向我的怀抱
你把你身上美丽的蛇脱下
把你美丽的头轻轻放在水下
你仿佛满心喜悦
来做人类忧伤的新娘

死亡之诗（之二：采摘葵花）①
——给凡·高的小叙事：自杀过程

雨夜偷牛的人
爬进了我的窗户
在我做梦的身子上
采摘葵花

我仍在沉睡
在我睡梦的身子上
开放了彩色的葵花
那双采摘的手
仍像葵花田中
美丽笨拙的鸽子

雨夜偷牛的人

---

① 与《明天醒来我会在哪一只鞋子里》等一起发表于《十月》1987年第4期，总题《农耕之眼（十二首）》，题《死亡之诗（之三：采摘葵花）》。

把我从人类

身体中偷走

我仍在沉睡

我被带到身体之外

葵花之外。我是世界上①

第一头母牛（死的皇后）

我觉得自己很美

我仍在沉睡

雨夜偷牛的人

于是非常高兴

自己变成了另外的彩色母牛

在我的身体中

兴高采烈地奔跑

---

① 《海子诗全编》《海子诗全集》行中句号为逗号，据《十月》改。

七月的大海

老乡们　谁能在海上见到你们真是幸福！
我们全都背叛自己的故乡
我们会把幸福当成祖传的职业
放下手中痛苦的诗篇

今天的白浪真大！老乡们　他高过你们的粮仓
如果我中止诉说　如果我意外地忘却了你
把我自己的故乡抛在一边
我连自己都放弃　更不会回到秋收　农民的家中

在七月我总能突然回到荒凉
赶上最后一次
我戴上帽子　穿上泳装　安静地死亡
在七月我总能突然回到荒凉

北斗七星　七座村庄[①]
——献给萍水相逢的额济纳姑娘

村庄　水上运来的房梁　漂泊不定[②]

还有十天　我就要结束漂泊的生涯

回到五谷丰盛的村庄　废弃果园的村庄

村庄　是沙漠深处你所居住的地方　额济纳！[③]

秋天的风早早地吹　秋天的风高高地吹

静静面对额济纳

白杨树下我吹灭你的两只眼睛[④]

额济纳　大沙漠上静静地睡

额济纳姑娘　我黑而秀美的姑娘[⑤]

[①]与《打钟》等共七首诗一起发表于《作家》1989年第7期,总题《海子遗作》。
[②]《作家》以下三行行中空格均作逗号,第四行起用空格。
[③]《作家》此行中"深处"作"弥漫",行末无感叹号。
[④]《作家》此行中"吹灭"作"吹不醒"。
[⑤]《作家》此行作"额济纳姑娘黑而秀美的姑娘"。

你的嘴唇在诉说　在歌唱

五谷的风儿吹过骆驼和牛羊①

翻过沙漠　你是镇子上最令人难忘的姑娘

1986 年

---

①《作家》此行中"风儿"作"风"。

黄金草原[①]

草原上的羊群

在水泊上照亮了自己

像白色温柔的灯

睡在男人怀抱中

而牧羊人来自黄金草原

头颅像一颗树根

把羊抱进谷仓里

然后面对黄金和酒杯

称呼你为女人

女人,我知心的朋友

风吹来风吹去

[①] 与《眺望北方》《泪水》《不幸》《海子小夜曲》一起发表于《中国作家》1988 年第 5 期,总题《眺望北方》。

你如星的名字
或者羊肉的腥

你在山崖下睡眠
七只绵羊七颗星辰
你含在我口中似雪未化
你是天空上的羊群

怅望祁连（之一）[①]

那些是在过去死去的马匹

在明天死去的马匹

因为我的存在

它们在今天不死

它们在今天的湖泊里饮水食盐

天空上的大鸟

从一颗樱桃

或马骷髅中

射下雪来

于是马匹无比安静

[①] 与《明天醒来我会在哪一只鞋子里》等一起发表于《十月》1987年第4期，总题《农耕之眼（十二首）》。

这是我的马匹

它们只在今天的湖泊里饮水食盐

                                          1986 年

怅望祁连（之二）[①]

星宿　刀　乳房
这就是雪水上流下来的东西
　　"亡我祁连山，使我牛羊不蕃息
　　失我胭脂山，令我妇女无颜色"
只有黑色牲畜的尾巴
鸟的尾巴
鱼的尾巴
儿子们脱落的尾巴
像七种蓝星下
插在屁股上的麦芒
风中拂动
雪水中拂动

1986 年

[①] 与《明天醒来我会在哪一只鞋子里》等一起发表于《十月》1987 年第 4 期，总题《农耕之眼（十二首）》。

七月不远①
——给青海湖,请熄灭我的爱情

七月不远

性别的诞生不远

爱情不远——马鼻子下

湖泊含盐

因此青海不远

湖畔一捆捆蜂箱

使我显得凄凄迷人:

青草开满鲜花

青海湖上

我的孤独如天堂的马匹

---

① 与《明天醒来我会在哪一只鞋子里》等一起发表于《十月》1987年第4期,总题《农耕之眼(十二首)》。

（因此，天堂的马匹不远）

我就是那个情种：诗中吟唱的野花
天堂的马肚子里唯一含毒的野花
（青海湖，请熄灭我的爱情！）

野花青梗不远，医箱内古老姓氏不远
（其他的浪子，治好了疾病
已回原籍，我这就想去见你们）

因此跋山涉水死亡不远
骨骼挂遍我身体
如同蓝色水上的树枝

啊，青海湖，暮色苍茫的水面
一切如在眼前！

只有五月生命的鸟群早已飞去
只有饮我宝石的头一只鸟早已飞去

只剩下青海湖,这宝石的尸体
暮色苍茫的水面

                                    1986 年

敦　煌①

敦煌石窟
像马肚子下②
挂着一只只木桶
乳汁的声音滴破耳朵——
像远方草原上撕破耳朵的人
来到这最后的山谷
他撕破的耳朵上
悬挂着花朵

敦煌是千年以前
起了大火的森林

---

①发表于《山西文学》1987年第8期，有副标题"根据一个十分清晰的梦整理"。又与《明天醒来我会在哪一只鞋子里》等一起发表于《十月》1987年第4期，总题《农耕之眼（十二首）》。
②《海子诗全编》《海子诗全集》以上两行并作一行，据《十月》改。

在陌生的山谷

是最后的桑林——我交换

食盐和粮食的地方

我筑下岩洞,在死亡之前,画上你

最后一个美男子的形象

为了一只母松鼠

为了一只母蜜蜂

为了让她们在春天再次怀孕①

1986年

---

① 《山西文学》分作两行,文字也稍不同,之外还有第三节。文字如下:

> 为了让她们在贫穷的春天,沙漠的春天
> 再次受孕
>
> 我仿佛记得筑洞前后
> 第一场大雪,在京城
> 身边只有刚刚认识的姑娘
> ——我的菩萨
> 而千年之后无水无木无肉身
> 像推动碾盘的驴子
> 我被取下蒙眼的玩意
> 重见天光(原文为"火光",当属误排——编者注)

给萨福 [①]

美丽如同花园的女诗人们
相互热爱,坐在谷仓中
用一只嘴唇摘取另一只嘴唇

我听见青年中时时传言道:萨福

一只失群的
钥匙下的绿鹅
一样的名字。盖住
我的杯子

托斯卡尔的美丽的女儿
草药和黎明的女儿

[①] 与《明天醒来我会在哪一只鞋子里》等一起发表于《十月》1987年第4期,总题《农耕之眼(十二首)》。

执杯者的女儿

你野花
的名字
就像蓝色冰块上
淡蓝色水清的溢出

萨福萨福
红色的云缠在头上
嘴唇染红了每一片飞过的鸟儿
你散着身体香味的
鞋带被风吹断
在泥土里

谷仓中的嘤嘤之声 ①
萨福萨福
亲我一下

---

① 《海子诗全编》《海子诗全集》此行中"谷仓"作"谷色",据《十月》改。

你装饰额角的诗歌何其甘美
你凋零的棺木像一盘美丽的
棋局

梭罗这人有脑子

1

梭罗这人有脑子
像鱼有水、鸟有翅
云彩有天空

2

好在这人不是女性
否则会有一对
洁白的冬熊
摇摇晃晃上路
靠近他乳房
凑上嘴唇

3

梭罗这人有脑子
梭罗手头没有别的
抓住了一根木棍①
那木棍揍了我
狠狠揍了我
像春天揍了我

4

梭罗这人有脑子
看见湖泊就高兴

5

梭罗这人有脑子
用鸟巢做邮筒

---

①《海子诗全编》此行中"木棍"作"棒木",据下一行"木棍"改。

两封信同时飞到
还生下许多小信
羽毛翩跹

6

梭罗这人有脑子
不言不语让东窗天亮西窗天黑
其实他哪有窗子

梭罗这人有脑子
不言不语做男人又做女人
其实生下的儿子还是他自己

7

灯火的屋中
梭罗的盔
——一卷荷马

这人有脑子
以雪代马
渡我过水

8

梭罗这人有脑子
月亮照着他的鼻子

9

那个抒情的鼻子
靠近他的脑子
靠近他深如树林的眼睛
靠近他饮水的唇
（愿饮得更深）

构成脑袋
或者叫头

10

白天和黑夜
像一白一黑
两只寂静的猫
睡在你肩头

你倒在林间路途上

让床在木屋中生病
梭罗这人有脑子
让野花结成果子

11

梭罗这人有脑子
像鱼有水、鸟有翅
云彩有天空

梭罗这人就是

我的云彩,四方邻国
的云彩,安静
在豆田之西
我的草帽上

12

太阳,我种的
豆子,凑上嘴唇
我放水过河

梭罗这人有脑子

梭罗的盔
——一卷荷马

1986 年 8 月 15 日

葡萄园之西的话语

也好

我感到

我被抬向一面贫穷而圣洁的雪地

我被种下,被一双双劳动的大手

仔仔细细地种下

于是,我感到所罗门的帐幔被一阵南风掀开

所罗门的诗歌

一卷卷

滚下山腰

如同泉水

打在我脊背上

涧中黑而秀美的脸儿

在我的心中埋下。也好

我感到我被抬向一面贫穷而圣洁的雪地
你这女子中极美丽的,你是我的棺材,我是你的棺材

        1986 年 8 月 25 日

海子小夜曲 [1]

以前的夜里我们静静地坐着

我们双膝如木

我们支起了耳朵

我们听得见平原上的水和诗歌

这是我们自己的平原　夜晚和诗歌

如今只剩下我一个

只有我一个双膝如木

只有我一个支起了耳朵

只有我一个听得见平原上的水

诗歌中的水

在这个下雨的夜晚

如今只剩下我一个

---

[1] 与《眺望北方》《泪水》《不幸》《黄金草原》一起发表于《中国作家》1988年第5期，总题《眺望北方》。

为你写着诗歌

这是我们共同的平原和水

这是我们共同的夜晚和诗歌

是谁这么说过　海子[①]

要走了　要到处看看

我们曾在这儿坐过

1986 年 8 月

[①]《海子诗全编》《海子诗全集》此行中"海子"作"海水",据《中国作家》改。

谣　曲

之　一

你是我的哥哥你招一招手
你不是我的哥哥你走你的路

小灯，小灯，抬起他埋下的眼睛

你的树丛大而黑
你的辕马不安宁
你的嘴唇有野蜜
你是丈夫——还是兄弟

小灯，小灯，抬起他埋下的眼睛

你是我的哥哥你招一招手[1]
你不是我的哥哥你走你的路

之 二

白鸽,白鸽
扎好我的头巾
风吹着你们的身子
像吹我白色头巾

白鸽白鸽你别说
美丽的脑袋小太阳
到了黑夜变月亮
白鸽白鸽你别说

---

[1]《海子诗全编》《海子诗全集》此行中"哥哥"作"哥"。

之 三

南风吹木
吹出花果
我要亲你
花果咬破

之 四

月亮月亮慢慢亮
照着一只木头床
河流河流快快流
渡过我的心头肉

白马过河一片白
黑马过河一片黑
这一条河流
总是心头的河流

白马过河是月圆
黑马过河是月残
这一只月亮
总是床头的月亮

1986 年 8 月

给 B 的生日 [①]

天亮我梦见你的生日
好像羊羔滚向东方
——那太阳升起的地方

黄昏我梦见我的死亡
好像羊羔滚向西方
——那太阳落下的地方

秋天来到,一切难忘
好像两只羊羔在途中相遇
在运送太阳的途中相遇
碰碰鼻子和嘴唇

[①] 与《草原上》《房屋》一起发表于《草原》1987年第8期,总题《诗三首》,总题下有注"沉默在水井上/建了一个家乡"。B为海子初恋的女友,北京中国政法大学1983级学生。——西川注。

——那友爱的地方
那秋风吹凉的地方
那片我曾经吻过的地方

　　　　　　　　　　1986 年 9 月 10 日

九 月[①]

目击众神死亡的草原上野花一片
远在远方的风比远方更远
我的琴声呜咽　泪水全无
我把这远方的远归还草原
一个叫马头　一个叫马尾
我的琴声呜咽　泪水全无

远方只有在死亡中凝聚野花一片
明月如镜　高悬草原　映照千年岁月[②]
我的琴声呜咽　泪水全无
只身打马过草原

1986年9月10日[③]

---

① 与《秋》("用我们横陈于地的骸骨……")、《八月之杯》和另一首《秋》("秋天深了……")一起发表于《草原》1989年第3期,总题《秋(外三首)》。

② 《海子诗全编》《海子诗全集》此行无空格,据《草原》改。

③ 《海子诗全编》写作日期署"1986",姜红伟《海子创作年谱》定为1986年9月10日(《北京文学》2018年第10期)。

我感到魅惑 [1]

天上的音乐不会是手指所动
手指本是四肢安排的花豆
我的身子是一份甜蜜的田亩

我感到魅惑
我就想在这条魅惑之河上渡过我自己
我的身子上还有拔不出的春天的钉子

我感到魅惑
美丽女儿，一流到底
水儿仍旧从高向低

坐在三条白蛇编成的篮子里
我有三次渡过这条河

---

[1] 与《敦煌》一起发表于《山西文学》1987年第8期。

我感到流水滑过我的四肢
一只美丽鱼婆做成我缄默的嘴唇

我看见,风中飘过的女人①
在水中产下卵来
一片霞光中露出来的长长的卵

我感到魅惑
满脸草绿的牛儿
倒在我那牧场的门厅

我感到魅惑
有一种蜂箱正沿河送来
蜂箱在睡梦中张开许多鼻孔

有一只美丽的鸟面对树枝而坐
我感到魅惑

我感到魅惑

---

① 《山西文学》此行下空一行。

小人儿，既然我们相爱
我们为什么还在河畔拔柳哭泣

1986 年 9 月

天　鹅[①]

夜里，我听见远处天鹅飞越桥梁的声音
我身体里的河水
呼应着她们

当她们飞越生日的泥土、黄昏的泥土
有一只天鹅受伤
其实只有美丽吹动的风才知道
她已受伤。她仍在飞行

而我身体里的河水却很沉重
就像房屋上挂着的门扇一样沉重
当她们飞过一座远方的桥梁
我不能用优美的飞行来呼应她们

[①] 与《妹呀》（即《浑曲》）、《莫扎特在〈安魂曲〉中说》（即《我所能看见的妇女》）、《大自然》等，一起发表于《中国作家》1987年第2期，总题《民歌》。

当她们像大雪飞过墓地
大雪中却没有路通向我的房门
——身体没有门——只有手指
竖在墓地，如同十根冻伤的蜡烛

在我的泥土上
在生日的泥土上
有一只天鹅受伤
正如民歌手所唱

不 幸[①]

四月的日子　最好的日子
和十月的日子　最好的日子
比四月更好的日子
像两匹马　拉着一辆车
把我拉向医院的病床
和不幸的病痛

有一座绿色悬崖倒在牧羊人怀中
两匹马
在山上飞

两匹马
白马和红马

[①] 与《眺望北方》《泪水》《黄金草原》《海子小夜曲》一起发表于《中国作家》1988年第5期，总题《眺望北方》。

积雪和枫叶
犹如姐妹
犹如两种病痛
的鲜花 [1]

---

[1]《中国作家》此行末有句号。

泪　水 ①

屋后的山顶树叶渐红 ②

群山似穷孩子的灰马和白马

在十月的最后一夜

倒在血泊中

在十月的最后一夜

穷孩子夜里提灯还家　泪流满面

一切死于中途　在远离故乡的小镇上

在十月的最后一夜

背靠酒馆白墙的那个人

---

①与《眺望北方》《不幸》《黄金草原》《海子小夜曲》一起发表于《中国作家》1988年第5期，总题《眺望北方》。

②《海子诗全编》《海子诗全集》此行中"屋后的山顶"作"最后的山顶"，据《中国作家》改。

问起家乡的豆子地里埋葬的人

在十月的最后一夜

问起白马和灰马为谁而死……鲜血殷红①

他们的主人是否提灯还家

秋天之魂是否陪伴着他

他们是否都是死人

都在阴间的道路上疯狂奔驰

是否此魂替我打开窗户

替我扔出一本破旧的诗集

在十月的最后一夜

我从此不再写你②

---

① 《中国作家》此行末有句号。
② 《中国作家》此行末有句号。

给托尔斯泰 ①

我想起你如一位俄国农妇暴跳如雷

补一只旧鞋的

手

时时停顿

这手掌混同于

兵士的臭脚、马肉和盐

你的灰色头颅一闪而过

教堂的裸麦中央

北方流注的河流马的脾气暴跳如雷

胸膛上面排排旧俄的栅栏暴跳如雷

低矮的天空、灯火和农妇暴跳如雷

吹灭云朵

---

① 发表于《启明星》1987年第15期，后收入《〈启明星〉作品选》。

吹灭火焰

吹灭灯盏

吹灭一切妓女

和善良女人的

嘴唇

你可以耕地,补补旧鞋

你可以爱他人,读读福音书

我记得陈旧的河谷端坐老人

端坐暴跳如雷的老人

1985 年 12 月　草稿

1986 年 12 月　修改

冬天的雨[1]

一只船停在荒凉的河岸

那就是你居住的城市

我的外套肮脏,扔在河岸上

我的心情开始平静而开朗

河水上面还是山冈

许多年前冒起了白烟

部落来到这里安下了铁锅

在潮湿的天气里

我的心情开始平静而开朗

这不是别人的街头,也不是我梦中的景色

街头上卖艺人收起了他彩色的帐篷

---

[1] 此诗大概是《雨》的初稿。——西川注。

冬天的雨下在石头上
飘过山梁仍旧是冬天的雨
打一只火把走到船外去看山头的麦地
然后在神像前把火把熄灭
我们沉默地靠在一起
你是一个仙女,是冬天潮湿的石头
你的外表是一把雨伞
你躲在伞中像拒绝天地的石头
你的黑发披散在冬天的雨中
混同于那些明媚的两省交界的姑娘
在大山的边缘,山顶的雪已隐然远去
像那些在大河上凝固的白帆
我摘下你的头巾,走到你的麦地
这里的粮食虽然是潮湿的
仍然是山顶的粮食

野兽在雨中说过的话,我们还要再说一遍
我们在火把中把野兽说过的话重复一遍
我看见一个铁匠的火屑飞溅
我看到一条肮脏的河流奔向大海,越来越清澈,平静而广阔

这都是你的赐予，你手提马灯，手握着艾

平静得像一个夜里的水仙

你的黑发披散着盖住了我的胸脯

我将我那随身携带的弓箭挂到墙上

那弓箭我随身携带了一万年

我的河流这时平静而广阔

容得下多少小溪的混浊

我看见你提着水罐举向我的胸脯

我足够喂养你的嘴唇和你的羊群

我在冬天的雨中奔腾，我的胸脯上藏有明天早晨

明天早晨我的两腿画满了野兽和村落

有的跳跃着，用翅膀用肉体生活

有的死于我的弓箭，长眠不醒

          1987 年 1 月 11 日 达县

献 诗
——给 S

谁在美丽的早晨
谁在这一首诗中

谁在美丽的火中　飞行
并对我有无限的赠予

谁在炊烟散尽的村庄
谁在晴朗的高空

天上的白云
是谁的伴侣

谁身体黑如夜晚　两翼雪白
在思念　在鸣叫

谁在美丽的早晨

谁在这一首诗中

      1987年2月11日

美丽白杨树

灵魂像山腰或者山顶四只恼人的蹄子
移动步履　幻变无常的人类
可还记得白色的杨树　平静而美丽

可还记得　一阵雷声　自远方滚来
高高的天空回荡天堂的声响

幻变无常的人类　可还记得
闪电和雨水中的　白色杨树

在你的河岸上　女人　月亮　马　匆匆而去
四只蹄子在你的河岸上
拥有一间雪中的屋子　婚姻　或一面镜子
这就是大地上你全部的居所

难忘有一日歇脚白杨树下
白色美丽的树!
在黄金和允诺的地上
陪伴花朵和诗歌　静静地开放　安详地死亡

美丽的白杨树　这是一位无名的诗人
使女儿惊讶　而后长成幸福的主妇　不免终老于斯
这是一位无名的诗人使女儿惊讶
美丽的白杨树
这多像弟弟和父亲对她们的忠实

1987 年 5 月 7 日

晨雨时光

小马在草坡上一跳一跳
这青色麦地晚风吹拂
在这个时刻　我没有想到
五盏灯竟会同时亮起

青麦地像马的仪态　随风吹拂
五盏灯竟会一盏一盏地熄灭

往后　雨会下到深夜　下到清晨
天色微明
山梁上定会空无一人

不能携上路程
当众人齐集河畔　高声歌唱生活[①]
我定会孤独返回空无一人的山峦

1987 年 5 月 24 日

[①]《海子诗全编》此行中"高声"作"空声",据《海子诗全集》改。

五月的麦地 [1]

全世界的兄弟们

要在麦地里拥抱

东方　南方　北方和西方

麦地里的四兄弟　好兄弟

回顾往昔

背诵各自的诗歌

要在麦地里拥抱

有时我孤独一人坐下

在五月的麦地　梦想众兄弟

看到家乡的卵石滚满了河滩

黄昏常存弧形的天空

---

[1] 与《重建家园》《幸福的一日——致秋天的花楸树》一起发表于《诗刊》1988年第9期。

让大地上布满哀伤的村庄

有时我孤独一人坐在麦地为众兄弟背诵中国诗歌

没有了眼睛也没有了嘴唇①

1987 年 5 月

---

① 《诗刊》无此行。

秋[1]

用我们横陈于地的骸骨

在沙滩上写下：青春。然后背起衰老的父亲

时日漫长　方向中断

动物般的恐惧充塞着我们的诗歌

谁的声音能抵达秋之子夜　长久喧响

掩盖我们横陈于地上的骸骨——

秋已来临

没有丝毫的宽恕和温情：秋已来临

---

[1] 与《八月之杯》《九月》和另一首《秋》（"秋天深了……"）一起发表于《草原》1989年第3期，总题《秋（外三首）》。《海子诗全编》写作日期署为"1987"，据内容和发表情况，疑作于1987年8月。

日 出
——见于一个无比幸福的早晨的日出

在黑暗的尽头

太阳,扶着我站起来

我的身体像一个亲爱的祖国,血液流遍

我是一个完全幸福的人

我再也不会否认

我是一个完全的人我是一个无比幸福的人

我全身的黑暗因太阳升起而解除

我再也不会否认,天堂和国家的壮丽景色

和她的存在……在黑暗的尽头!

1987 年 8 月 30 日　醉后早晨

生日颂(或生日祝酒词)[1]
——给理波并同代的朋友

在生日里我们要歌唱母亲
她们把我们领到这个不幸的人世
在这个世界上　只有她们　无限地热爱着我们
因为我们是她的一部分

在这个夜晚　我们必须回到生日
回到我们的诞生之日
甚至回到母亲的腹中
回到母亲的怀孕　和她平静的爱情

我会想到你——我的母亲
在一个冬天　怎样羞涩而温情地
向父亲暗示　你怀了孕

---

[1] 理波,即孙理波,海子在中国政法大学的同事、朋友。此诗由西川根据金松林提供的海子手稿影印件整理。首见于《海子诗全集》。

一个生命在腹中悸动

秋风四起时　你生下了我
秋天是一些美好的日子　黄金的日子
当白云徐徐伸展在天际　秋风阵阵　万木归一
秋天的灵魂吹动着人类的村庄和城镇
总有一些美好的婴儿诞生
那婴儿中就有我　先是牙牙学语
然后学习加减乘除　一次次艰难地造句
学习体育和艺术　终于卷入人生　卷入人生的痛苦

痛苦并非是人类的不幸
痛苦是全人类与生俱来的财富
痛苦产生了人类的老师　伟大的先知　产生了思想和艺术
朋友们　我的祝酒词是
愿你们一生　坎坷痛苦
不愿你们一帆风顺

朋友们　如果我们一帆风顺

我们不会在这里相聚
我们不会在这张堆满果实的酒桌上相遇
是痛苦携带着我们　来到这个夜晚　充满生日的气氛
在这张堆满果实的桌子上
我就是其中的一只果实　坐在其他果实中间

我就是其中的一只果实 在秋天 我说：我要变成酒精
我要变成使人沉醉的酒精
我要变成陪伴我们一生的痛苦的酒精

痛苦也是酒精
我们全都沉浸其中
只是分给每个人的酒杯不同

伟大的人　装满痛苦的酒杯更大　他们开怀畅饮
开怀畅饮　痛苦的酒　使人沉醉一生的酒
为了我们生病的柔弱的操劳一生的母亲
为了那些爱过我们或被我们爱着的女性
为了生日　为了生日之后我们开始置身人世

享受真实的人生和痛苦　朋友们　举起我们的杯子

在这个生日
在这个美好的日子
在我们痛苦减轻之时
我们还要歌颂那些给我们创伤和回忆的女人
我们在酒醉时敲着酒盅　高声嚷着
女人啊　你的名字像一根白色的绷带　曾经缠绕在我的额头
总有一阵秋风把绷带吹落
像吹下一片树叶　有没有伤疤　我都会将你宽恕

在我们的额头上或心上　有没有伤疤
我都会将你宽恕
因为你是比我更为软弱的女人
是的　我爱过你　恨过你
一切都已过去　最终在一阵秋风里将你宽恕
然后像讲述梦境　我会向知心朋友细细讲述

也许有一天我已完全将你忘却

会再在一条陌生的道路上与你相逢

我会平静地迎上前去

如果你牵着你的孩子　我会再次爱上你

但这绝不是因为以前的爱情

而是因为你成了母亲

母亲是一个伟大的名字

母亲是我诗歌中唯一的主人

在这个生日的气氛里

我还要以生日的名义

祝福另外一位朋友　祝福你

眼看就要成为幸福的父亲

年轻的父亲

你的担子更重

另一个小生命通过生日把他的双手交给你

无论是儿是女　做父亲总是人类最大的幸福

至于我　早就想成为父亲

虽然我没有妻子

要说有　五六年前就已经结婚
我的妻子就是中国的诗歌　汉语的诗歌
我要成为一首中国最伟大诗歌的父亲
像荷马是希腊的父亲　但丁是意大利之父　歌德是德意
　志的父亲
我早就想成为父亲　我一定能成为父亲
成为父亲总是人类最大的幸福

诗人总爱预言
那就让我在这个生日再讲一讲另一个生日
我们的祖国母亲土地母亲她生下了一位英雄
那英雄之子是在日出时刻降生
在东方大地上拔地而起
他身上集中了我们所有优秀的品质　生命和灵魂
他的生日就是我们真正的生日　唯一的生日
在他降生之日　如果我们已经死去
我们就能和他一起再次出生
他的生日是我们的再生之日

他的生日是我们所有人生日中的生日

酒中之酒　痛苦中的痛苦
为了生日　干杯！
生日给了一切痛苦以最好的补偿
朋友们　从这个夜晚我们各自出发
我们升帆出发　随手携带火种、泉水与稻谷
从这张生日堆满果实的桌子上我们出发
任凭命运的风儿把我们吹向四面八方

不知何日再能相聚一堂
不知命运之船漂向何方
但母亲在生日赐予我的生命
我总要在我的诗歌中歌唱和珍惜

即使我们一生不幸
这生日也是我们最好的补偿
是对我们最好的报答　即使我们一生不幸
这生命本身的诞生永远值得我们歌唱

在我们自己的生日里我还要歌唱我们的土地
我愿所有的朋友都要把她珍惜

土地的不幸是我们全体的不幸

我们生在其中　长在其中　最终魂归其中

是土地　苦难而丰盛的土地

把每一个日子变成我们大家不同的生日

我们每一个土地的孩子

都领到一只生命的酒杯

朋友们　我已有预感　我还要再说一遍

土地的不幸是我们全体的不幸

土地她如今正骚动不安　我的祖国她恶心又呕吐

是不是她已经怀孕？

是不是我们的共同的母亲已经怀孕？

她需要多少时间才能生产？

生下的是男是女　是侏儒还是巨人

是一个什么样的人？

这是一个秋天的夜晚　灯火明亮

我们这些年轻的生命坐在一张酒桌旁

我们今日相聚一堂　明日分手四方

唯有痛苦留在这漫长的道路上

唯有痛苦　使我们相互尊敬和赞叹
使我们保持伟大的友谊
唯有痛苦是我们永恒的财富

1987年9月17日　急就

9月20日　录

石头的病　或八七年

石头的病　疯狂的病

不可治疗的病

不会被理会的病

被大理石同伙

视为疾病的石头

可制造石斧

以及贫穷诗人的屋顶

让他不再漂泊　四海为家

让他在此处安家落户

此处我就是那颗生病的石头的心

让他住在你的屋顶下

听见生病的石头屋顶上

鸟鸣清晨如幸福一生

石头的病　疯狂的病

石头打开自己的门户　长出房子和诗人

看见美丽的你

石头竞相生病

我身上一块又一块

全部生病——全变成了柔弱的心

不堪一击

从遍是石头的荒野中长出一位美丽女人

那是石头的疾病——万物的疾病

石头怎么会在荒野的黑暗中胀开

石头也会生病　长出鲜花和酒杯

如果石头健康

如果石头不再生病

他哪会开花

如果我也健康

如果我也不再生病

也就没有命运

1987 年 10 月

麦地与诗人 [①]

询问

在青麦地上跑着
雪和太阳的光芒

诗人,你无力偿还
麦地和光芒的情义

一种愿望
一种善良
你无力偿还

你无力偿还

[①] 作为遗作发表于《人民文学》1989年第6期,总题《麦地与诗人》,《询问》《答复》两首相邻而各自独立。

一颗放射光芒的星辰
在你头顶寂寞燃烧

答复

麦地
别人看见你
觉得你温暖，美丽
我则站在你痛苦质问的中心
被你灼伤
我站在太阳　痛苦的芒上

麦地
神秘的质问者啊

当我痛苦地站在你的面前
你不能说我一无所有
你不能说我两手空空

麦地啊,人类的痛苦[1]

是他放射的诗歌和光芒

1987 年

---

[1]《人民文学》无以下两行。

幸福的一日[①]
——致秋天的花楸树

我无限地热爱着新的一日

今天的太阳　今天的马　今天的花楸树

使我健康　富足　拥有一生

从黎明到黄昏

阳光充足

胜过一切过去的诗

幸福找到我

幸福说：瞧　这个诗人

他比我本人还要幸福

在劈开了我的秋天

[①] 与《五月的麦地》《重建家园》一起发表于《诗刊》1988年第9期。

在劈开了我的骨头的秋天
我爱你　花楸树

1987 年

重建家园 ①

在水上　放弃智慧
停止仰望长空
为了生存你要流下屈辱的泪水
来浇灌家园

生存无须洞察
大地自己呈现
用幸福也用痛苦
来重建家乡的屋顶

放弃沉思和智慧
如果不能带来麦粒
请对诚实的大地

---

① 与《五月的麦地》《幸福的一日——致秋天的花楸树》一起发表于《诗刊》1988 年第 9 期。又与《麦地与诗人》等一起发表于《人民文学》1989 年第 6 期。

保持缄默　和你那幽暗的本性

风吹炊烟
果园就在我身旁静静叫喊
"双手劳动
慰藉心灵"

1987 年

秋日想起春天的痛苦　也想起雷锋 [1]

春天　春天

他何其短暂

春天的一生痛苦

他一生幸福

又想起你撞开门扇你怀抱春天

你坐下　快坐下　在这如痴如醉的地方

春天的一生痛苦

他一生幸福

春天　春天　春天的一生痛苦

我的村庄中有一个好人叫雷锋叔叔

春天的一生痛苦

---

[1] 与《秋日黄昏》《秋日山谷》《秋天》《八月　黑夜的火把》《九月的云》一起发表于《草原》1989年第8期，总题《秋天（组诗）》。

他一生幸福

如今我长得比雷锋还大
村庄中痛苦女神安然入睡
春天的一生痛苦
他一生幸福

1985 年；1987 年

秋[1]

秋天深了,神的家中鹰在集合
神的故乡鹰在言语
秋天深了,王在写诗
在这个世界上秋天深了
该得到的尚未得到[2]
该丧失的早已丧失[3]

        1987 年

---

[1] 与《秋》("用我们横陈于地的骸骨……")、《八月之杯》《九月》一起发表于《草原》1989 年第 3 期,总题《秋(外三首)》。
[2]《草原》此行首无"该"字。
[3]《草原》此行末有句号。

祖国（或以梦为马）

我要做远方的忠诚的儿子
和物质的短暂情人
和所有以梦为马的诗人一样
我不得不和烈士和小丑走在同一道路上

万人都要将火熄灭　我一人独将此火高高举起
此火为大　开花落英于神圣的祖国
和所有以梦为马的诗人一样
我借此火得度一生的茫茫黑夜

此火为大　祖国的语言和乱石投筑的梁山城寨
以梦为上的敦煌——那七月也会寒冷的骨骼
如白雪的柴和坚硬的条条白雪　横放在众神之山
和所有以梦为马的诗人一样
我投入此火　这三者是囚禁我的灯盏　吐出光辉

万人都要从我刀口走过　去建筑祖国的语言
我甘愿一切从头开始
和所有以梦为马的诗人一样
我也愿将牢底坐穿

众神创造物中只有我最易朽　带着不可抗拒的死亡的速度
只有粮食是我珍爱　我将她紧紧抱住　抱住她在故乡生儿育女
和所有以梦为马的诗人一样
我也愿将自己埋葬在四周高高的山上　守望平静家园

面对大河我无限惭愧
我年华虚度　空有一身疲倦
和所有以梦为马的诗人一样
岁月易逝　一滴不剩　水滴中有一匹马儿一命归天

千年后如若我再生于祖国的河岸
千年后我再次拥有中国的稻田　和周天子的雪山　天马赐踏
和所有以梦为马的诗人一样
我选择永恒的事业

我的事业　就是要成为太阳的一生
他从古到今——"日"——他无比辉煌无比光明
和所有以梦为马的诗人一样
最后我被黄昏的众神抬入不朽的太阳

太阳是我的名字
太阳是我的一生
太阳的山顶埋葬　诗歌的尸体——千年王国和我
骑着五千年凤凰和名字叫"马"的龙——我必将失败
但诗歌本身以太阳必将胜利

1987 年

野鸽子

当我面朝火光
野鸽子　在我家门前的细树上
吐出黑色的阴影的火焰

野鸽子
——这黑色的诗歌标题　我的懊悔
和一位隐身女诗人的姓名

这究竟是山喜鹊之巢还是野鸽子之巢
在夜色和奥秘中
野鸽子　打开你的翅膀
飞往何方？　在永久之中

你将飞往何方？！

野鸽子是我的姓名
黑夜颜色的奥秘之鸟
我们相逢于一场大火

                        1988 年 2 月

眺望北方[1]

我在海边为什么却想到了你
不幸而美丽的人　我的命运
想起你　我在岩石上凿出窗户
眺望光明的七星
眺望北方和北方的七位女儿
在七月的大海上闪烁流火

为什么我用斧头饮水　饮血如水
却用火热的嘴唇来眺望
用头颅上鲜红的嘴唇眺望北方
也许是因为双目失明

那么我就是一个盲目的诗人

---

[1] 与《泪水》《不幸》《黄金草原》《海子小夜曲》一起发表于《中国作家》1988年第5期，总题《眺望北方》。

在七月的最早几天

想起你　我今夜跑尽这空无一人的街道

明天，明天起来后我要重新做人①

我要成为宇宙的孩子　世纪的孩子②

挥霍我自己的青春

然后放弃爱情的王位

去做铁石心肠的船长

走遍一座座喧闹的都市

我很难梦见什么

除了那第一个七月　永远的七月

七月是黄金的季节啊

当穷苦的人在渔港里领取工钱

我的七月萦绕着我，像那条爱我的孤单的蛇

——她将在痛楚苦涩的海水里度过一生

1987年7月　草稿

1988年3月　改

---

①《中国作家》此行中逗号作空格。
②《中国作家》与下一行接排，"挥霍"前空一字。

跳伞塔

我在一个北方的寂寞的上午
一个北方的上午
思念着一个人

我是一些诗歌草稿
你是一首诗

我想抱着满山火红的杜鹃花
走入静静的跳伞塔

我清楚地意识到
前面就是一条大河
和一个广大的北方平原

美丽总是使我沉醉

已经有人
开始照耀我
在那偏僻拥挤的小月台上
你像星星照耀我的路程

在这座山上
为什么我只看见这么一棵
美丽的杜鹃？

我只看见过这么一棵
果然火红而美丽

我在这个夜晚
我住在山腰
房子里
我的面前充满了泉水
或溪涧之水的声音

静静的跳伞塔
心醉的屋子　你打开门

让我永远在这幸福的门中

北方　那片起伏的山峰
远远的
只有九棵树

1988年4月23日

太阳和野花
——给ＡＰ

太阳是他自己的头
野花是她自己的诗

我对你说
你的母亲不像我的母亲

在月光照耀下
你的母亲是樱桃
我的母亲是血泪

我对天空说
月亮,她是你篮子里纯洁的露水
太阳,我是你场院上发疯的钢铁

太阳是他自己的头

野花是她自己的诗
在一株老榆树的底下
平原上
流过我的骨头

在猎人夫妻的眼中,在山地
那自由的尸首
淌向何方

两位母亲在不同的地方梦着我
两位女儿在不同的地方变成了母亲
当田野还有百合,天空还有鸟群
当你还有一张大弓、满袋好箭
该忘记的早就忘记
该留下的永远留下

太阳是他自己的头
野花是她自己的诗

总是有寂寞的日子
总是有痛苦的日子

总是有孤独的日子
总是有幸福的日子
然后再度孤独

是谁这么告诉过你：
答应我
忍住你的痛苦
不发一言
穿过这整座城市
远远地走来
去看看他，去看看海子
他可能更加痛苦
他在写一首孤独而绝望的诗歌
死亡的诗歌

他写道：
平原上
流过我的骨头
当高原的人　在榆树底下休息
当猎人和众神
或起或坐，时而相视，时而相忘

当牛羊和牛羊在草上
看见一座悬崖上
牧羊人堕下,额角流血
再也救不活他了——
他写道:
平原上
流过我的骨头

这时,你要
去看看他

答应我
忍住你的痛苦
不发一言
穿过这整座城市

那个牧羊人
也许会被你救活
你们还可以成亲
在一对大红蜡烛下
这时他就变成了我

我会在我自己的胸脯找到一切幸福
红色荷包、羊角、蜂巢、嘴唇
和一对白色羊儿般的乳房

我会给你念诗：
太阳是他自己的头
野花是她自己的诗

到那时，到那一夜
也可以换句话说：
太阳是野花的头
野花是太阳的诗
他们只有一颗心
他们只有一颗心

1988 年 5 月 16 日夜

删 1986 年以来许多旧诗稿而得

山楂树 ①

今夜我不会遇见你
今夜我遇见了世上的一切
但不会遇见你

一棵夏季最后
火红的山楂树
像一辆高大女神的自行车
像一个女孩　畏惧群山
呆呆站在门口
她不会向我
跑来！

我走过黄昏

---

① 曾收入《太阳日记》。

像风吹向远处的平原

我将在暮色中抱住一棵孤独的树干

山楂树！一闪而过　啊！山楂

我要在你火红的乳房下坐到天亮

又小又美丽的山楂的乳房

在高大女神的自行车上

在农妇的手上 ①

在夜晚就要熄灭

1988年6月8日—10日

---

①《海子诗全编》《海子诗全集》此行中"农妇"作"农奴",据《太阳日记》改。

绿松石

这时候,绿色小公主
来到我的身边
青海湖,绿色小公主
你曾是谁的故乡?
你曾是谁的天堂?
当一只雪白的鸟
无法用翅膀带走
人类的小镇
——它留在肮脏的山梁

和水相比,土地是多么肮脏而荒芜
绿色小公主抹去我的泪水
说,你是年老的国土上
一位年轻的国王,老年皇帝会伏在你的肩头死去
土地张开又合拢

1988 年 7 月 24 日

日 记

姐姐,今夜我在德令哈,夜色笼罩
姐姐,我今夜只有戈壁

草原尽头我两手空空
悲痛时握不住一颗泪滴
姐姐,今夜我在德令哈
这是雨水中一座荒凉的城

除了那些路过的和居住的
德令哈……今夜
这是唯一的,最后的,抒情。
这是唯一的,最后的,草原。

我把石头还给石头
让胜利的胜利

今夜青稞只属于她自己

一切都在生长

今夜我只有美丽的戈壁　空空

姐姐，今夜我不关心人类，我只想你

1988 年 7 月 25 日．火车经德令哈

黑翅膀[1]

今夜在日喀则,上半夜下起了小雨
只有一串北方的星,七位姐妹
紧咬雪白的牙齿,看见了我这一对黑翅膀

北方的七星,照不亮世界
牧女头枕青稞独眠一天的地方今夜满是泥泞
今夜在日喀则,下半夜天空满是星辰

但夜更深就更黑,但毕竟黑不过我的翅膀
今夜在日喀则,借床休息,听见婴儿的哭声
为了什么这个小人儿感到委屈?是不是因为她感到了黑
  夜中的幸福

---

[1] 推测作于1988年7月。

愿你低声啜泣，但不要彻夜不眠
我今夜难以入睡是因为我这双黑过黑夜的翅膀
我不哭泣，也不歌唱，我要用我的翅膀飞回北方

飞回北方，北方的七星还在北方
只不过在路途上指示了方向，就像一种思念
她长满了我的全身，在烛光下酷似黑色的翅膀

遥远的路程
——十四行献给1989年初的雪

我的灯和酒坛上落满灰尘
而遥远的路程上却干干净净
我站在元月七日的大雪中,还是四年以前的我
我站在这里,落满了灰尘,四年多像一天,没有变动
大雪使屋子内部更暗,待到明日天晴
阳光下的大雪刺痛人的眼睛,这是雪地,使人羞愧
一双寂寞的黑眼睛多想大雪一直下到他内部

雪地上树是黑暗的,黑暗得像平常天空飞过的鸟群
那时候你是愉快的,忧伤的,混沌的
大雪今日为我而下,映照我的肮脏
我就是一把空空的铁锹
铁锹空得连灰尘也没有
大雪一直纷纷扬扬
远方就是这样的,就是我站立的地方

1989年1月7日

面朝大海,春暖花开

从明天起,做一个幸福的人
喂马,劈柴,周游世界
从明天起,关心粮食和蔬菜
我有一所房子,面朝大海,春暖花开

从明天起,和每一个亲人通信
告诉他们我的幸福
那幸福的闪电告诉我的
我将告诉每一个人

给每一条河每一座山取一个温暖的名字
陌生人,我也为你祝福
愿你有一个灿烂的前程
愿你有情人终成眷属

愿你在尘世获得幸福

我只愿面朝大海,春暖花开

1989 年 1 月 13 日

最后一夜和第一日的献诗

今夜你的黑头发
是岩石上寂寞的黑夜
牧羊人用雪白的羊群
填满飞机场周围的黑暗

黑夜比我更早睡去
黑夜是神的伤口
你是我的伤口
羊群和花朵也是岩石的伤口

雪山　用大雪填满飞机场周围的黑暗
雪山女神吃的是野兽穿的是鲜花
今夜　九十九座雪山高出天堂
使我彻夜难眠

1989 年 1 月 16 日　草稿

1989 年 1 月 24 日　改

太平洋的献诗 [1]

太平洋　丰收之后的荒凉的海 [2]
太平洋　劳动后的休息 [3]
劳动以前　劳动之中　劳动以后
太平洋是所有的劳动和休息

茫茫太平洋　又混沌又晴朗
海水茫茫　和劳动打成一片 [4]
和世界打成一片
世界头枕太平洋
世界头枕太平洋　雨暴风狂

---

[1]　与《祖国（或以梦为马）》《山楂树》《日记》等共十首诗一起发表于《花城》1990年第4期，总题《最后的诗篇》。
[2]　《花城》无此行。
[3]　《海子诗全编》此行中"劳动"前有"在"字，据《花城》改。
[4]　《花城》此行无"海水茫茫"四字。

上帝在太平洋上度过的时光　是茫茫海水隐含不露的希望①

太平洋没有父母　在太阳下茫茫流淌　闪着光芒
太平洋像是上帝老人看穿一切　眼角含泪的眼睛②

眼泪的女儿　我的爱人
今天的太平洋不是往日的海洋
今天的太平洋只为我流淌　为着我闪闪发亮
我的太阳高悬上空　照耀这广阔太平洋

1989 年 2 月 2 日

---

①《花城》此行作两行，为"上帝在太平洋上度过的时光／是茫茫海水隐含不露的希望"。
②《花城》以下两节（含此节）与《海子诗全编》差别较大，其文如下：

母亲和女儿都是太平洋的女儿
太平洋没有父亲
在太阳下茫茫流淌
像上帝老人看穿一切的
含泪的目光

今天的太平洋不同以往
今天的太平洋为我闪闪发亮
我的太阳高悬上空　照耀这广阔太平洋

黑夜的献诗
——献给黑夜的女儿

黑夜从大地上升起
遮住了光明的天空
丰收后荒凉的大地
黑夜从你内部上升

你从远方来,我到远方去
遥远的路程经过这里
天空一无所有
为何给我安慰

丰收之后荒凉的大地
人们取走了一年的收成
取走了粮食骑走了马
留在地里的人,埋得很深

草杈闪闪发亮，稻草堆在火上
稻谷堆在黑暗的谷仓
谷仓中太黑暗，太寂静，太丰收
也太荒凉，我在丰收中看到了阎王的眼睛

黑雨滴一样的鸟群
从黄昏飞入黑夜
黑夜一无所有
为何给我安慰

走在路上
放声歌唱
大风刮过山冈
上面是无边的天空

1989年2月2日

折 梅

站在那里折梅花

山坡上的梅花

寂静的太平洋上一封信

寂静的太平洋上一人站在那里折梅花

折梅人在天上

天堂大雪纷纷　一人踏雪无痕

天堂和寂静的天山一样

大雪纷纷

站在那里折梅

亚洲　上帝的伞

上帝的斗篷　太平洋

太平洋上海水茫茫

上帝带给我一封信

是她写给我的信

我坐在茫茫太平洋上折梅　写信

1989年2月3日

黎 明（之二）
——二月的雪，二月的雨

我把天空和大地打扫干干净净
归还给一个陌不相识的人
我寂寞地等，我阴沉地等
二月的雪，二月的雨

泉水白白流淌
花朵为谁开放
永远是这样美丽负伤的麦子
吐着芳香，站在山岗上

荒凉大地承受着荒凉天空的雷霆
圣书上卷是我的翅膀，无比明亮
有时像一个阴沉沉的今天
圣书下卷肮脏而欢乐
当然也是我受伤的翅膀

荒凉大地承受着更加荒凉的天空

我空空荡荡的大地和天空
是上卷和下卷合成一本
的圣书，是我重又劈开的肢体
流着雨雪、泪水在二月

1989 年 2 月 22 日

四姐妹

荒凉的山冈上站着四姐妹
所有的风只向她们吹
所有的日子都为她们破碎

空气中的一棵麦子
高举到我的头顶
我身在这荒芜的山冈
怀念我空空的房间,落满灰尘

我爱过的这糊涂的四姐妹啊
光芒四射的四姐妹
夜里我头枕卷册和神州
想起蓝色远方的四姐妹
我爱过的这糊涂的四姐妹啊

像爱着我亲手写下的四首诗

我的美丽的结伴而行的四姐妹

比命运女神还要多出一个

赶着美丽苍白的奶牛，走向月亮形的山峰

到了二月，你是从哪里来的

天上滚过春天的雷，你是从哪里来的

不和陌生人一起来

不和运货马车一起来

不和鸟群一起来

四姐妹抱着这一棵

一棵空气中的麦子

抱着昨天的大雪，今天的雨水

明日的粮食与灰烬

这是绝望的麦子

请告诉四姐妹：这是绝望的麦子

永远是这样

风后面是风

天空上面是天空

道路前面还是道路

　　　　　　　　　　1989 年 2 月 23 日

黎 明（之三）

黎明手捧亲生儿子的鲜血的杯子
捧着我，光明的孪生兄弟
走在古波斯的高原地带
神圣经典的原野
太阳的光明像洪水一样漫上两岸的平原
抽出剑刃般光芒的麦子
走遍印度和西藏
从那儿我长途跋涉，走遍印度和西藏
在雪山、乱石和狮子之间寻求
天空的女儿和诗
波斯高原也是我流放前故乡的山巅

采纳我光明言辞的高原之地
田野全是粮食和谷仓
覆盖着深深的怀着怨恨

和祝福的黑暗母亲

地母啊，你的夜晚全归你

你的黑暗全归你，黎明就给我吧

让少女佩带花朵般鲜嫩的嘴唇

让少女为我佩带火焰般的嘴唇

让原始黑夜的头盖骨掀开

让神从我头盖骨中站立

一片战场上血红的光明冲上了天空

火中之火

他有一个粗糙的名字：太阳

和革命，她有一个赤裸的身体

在行走和幻灭

1987年9月26日夜　草稿

1989年3月1日夜　改

月全食

我的爱人住在县城的伞中
我的爱人住在贫穷山区的伞中,双手捧着我的鲜血
一把斧子浸在我自己的鲜血中
火把头朝下在海水中燃烧
我的愚蠢而残酷的青春
是同胞兄弟和九个魔鬼
他一直走到黑暗和空虚的深处

火光明亮,我像一条河流将血红的头颅举起
又喧哗着,放到了海水下面
大海的波浪,回到尘土中去
草原上的天空,回到尘土中去
我将你们美丽的骨头带到村头
挂上妻子们的脖子
我的庄园在山顶上越来越寂静

寂静！我随身携带的万年的闪电

暴君，宝剑和伞
混沌中的嘴和剑、鼓、脊椎
暴君双手捧着宝剑，头颅和梅花
在早晨灿烂，信任我的肋骨
天生就是父亲的我
回到尘土中去吧
将被废弃不用

黑色的鸟群，内部团结
内部团结的黑夜
在草原的天空上，黑色羽毛下黑色的肉
黑色的肉有一颗暗红色的星
一群鸟比一只鸟更加孤独

鸟群的父亲，鸟群唯一的父亲
铁打的人也在忍受生活
铁打的人也在风雨飘摇
所有的道路都通向天堂

只是要度过路上的痛苦时光

那一天我正走在路上

两边的荒草，比人还高

遥远的路程是我生命的一部分

有一半是在群山上伴着羊群和雨雪，独自一人守候黎明

有一半下到海底看守那些废弃不用的石头和火

那些神秘的母亲们

我看见这景色中只有我自己被上帝废弃不用

我构成我自己，用一个人形，血肉用花朵与火包围着

空虚的混沌

我看见我的斧子闪现着人类劳动的光辉

也有疲倦和灰尘

遥远的路程

作为国王我不能忍受

我在这遥远的路程上

我自己的牺牲

我不能忍受太多的秘密

这些全都是你的
潮湿的冬天双手捧给你的
这个全身是雨滴的爱人
这个在闪电中心生活的暴君
也看见姐妹们正在启程

        1989 年 1 月　草稿
       1989 年 3 月 9 日　删

春天，十个海子

春天，十个海子全部复活
在光明的景色中
嘲笑这一个野蛮而悲伤的海子
你这么长久地沉睡究竟为了什么？

春天，十个海子低低地怒吼
围着你和我跳舞，唱歌
扯乱你的黑头发，骑上你飞奔而去，尘土飞扬
你被劈开的疼痛在大地弥漫

在春天，野蛮而悲伤的海子
就剩下这一个，最后一个
这是一个黑夜的孩子，沉浸于冬天，倾心死亡
不能自拔，热爱着空虚而寒冷的乡村

那里的谷物高高堆起,遮住了窗户
他们把一半用于一家六口人的嘴,吃和胃
一半用于农业,他们自己的繁殖
大风从东刮到西,从北刮到南,无视黑夜和黎明
你所说的曙光究竟是什么意思

        1989 年 3 月 14 日 凌晨 3 点—4 点

桃花时节

桃花开放

太阳的头盖骨一动一动　火焰和手从头中伸出

一群群野兽舔着火焰　刃

走向没落的河谷尽头

割开血口子　他们会把水变成火的美丽身躯

水在此刻是悬挂在空气的火焰

但在更深的地方仍然是水

翅膀血红　富于侵略

那就是独眼巨人的桃花时节

独眼巨人怀抱一片桃林

他看见的　全是大地在滔滔不绝地纵火

他在一只燃烧的胃的底部

与桃花骤然相遇

互为食物和王妻

在断头台上疯狂地吐火

乳房吐火

挂在陆地上

从笨重天空跌落的

撞在陆地上　撞掉了头撞烂了四肢

在春天　在亿万人民中间　在群兽吐火的地方

她们产生了幻觉

群兽吐火长出了花朵

群兽一排排　肉包着骨　长成树林

吐火就是花朵　多么美丽的景色

你在一种较为短暂的情形下完成太阳和地狱

内在的火，寒冷无声地燃烧

生出了河流两岸大地之上的姐妹

朝霞和晚霞

无声地在山峦间飘荡

我俩在高原　在命运三姐妹无声的织机织出的牧场上相遇

> 1987 年　初稿
>
> 1988 年　初改
>
> 1988 年底　再改
>
> 1989 年 3 月 14 日　再改

献 诗

黑夜降临，火回到一万年前的火
来自秘密传递的火　他又是在白白地燃烧
火回到火　黑夜回到黑夜　永恒回到永恒
黑夜从大地上升起　遮住了天空

1989 年